入門三島由紀夫

「文武両道」の哲学

富岡幸一郎
Tomioka Koichiro

JN076825

入門　三島由紀夫――「文武両道」の哲学　もくじ

序章　生命至上主義の終わり
――〝劇薬〟としての三島由紀夫

第一章 「三島由紀夫」とは何者だったのか
――文武両道の四十五年

第二章　若者への遺言『行動学入門』
――精神と行動の関係

第三章　天皇とは何か、『文化防衛論』
――日本文化の根源

第四章

集団の発見『太陽と鉄』

――精神と肉体のバランス

序章

生命至上主義の終わり

――〝劇薬〟としての三島由紀夫

哲学を強いる時代

ポストコロナというのは、日本人一人ひとりが生きぬくためにも否応なく哲学を強いる時代と言っていいでしょう。カミュの『ペスト』が改めてベストセラーになったのもその表れの一つといっていい。カミュもいいですが、今最も見直す必要があるのが、「三島由紀夫の文武両道の哲学」です。

中国武漢を震源地とした新型コロナウイルス、Ｃｏｖｉｄ‐19の猛威は留まることを知らず、世界全体で感染者数は五千万人に迫り、世界保健機関（ＷＨＯ）による世界の人口の一割が感染したとの推計もあるほどです。日本では感染者が十万三千人、死者が千八百人を突破していますが、猖獗《しょうけつ》を極める欧米の状況とは比較にならない。感染はさらに拡大し、インド、中東、南米諸国へ広がり、まさに世界的なパンデミックとなっています。

とはいえ、日本においても、コロナ禍によって生活は一変しました。五月二十五日に緊急事態宣言が解除され、一応ピークアウトを過ぎたと言われ、国内の移動を促すＧｏＴｏキャンペーンや、海外との入国禁止も段階的に解除する一方で、ソーシャルディスタンス、三密回避という新しい生活様式が喧伝《けんでん》されています。そういう意味では日本もまだ依然として先が見えない状況にあることに変わりはない。ただはっきり言えることは、コロナ以前の生活には二度と戻れないという事実です。

武漢ウイルスが人類に突きつけた問題の大きなものの一つは、ここ三十年余り世界を席巻したグローバリズムです。「グローバリズム」を一言で定義すれば、国を越えてヒト・モノ・カネが動きまわる世界です。現在の資本主義は産業革命以降、いわゆる「近代」によってもたらされたものですが、以前の資本主義が工場などでモノを作る「工業化」であったのに対し、近年はカネを動かす金融取引が中心になった。

また情報革命により「ビッグデータ」を収集する巨大ＩＴ企業が市場を支配し、業界最大手でさえ潰《つぶ》される事態になっています。その結果、加速度的な所得や経済の格差を生んでいく。グローバル資本主義、カジノキャピタリズム、強欲資本主義などいろんな言い方がされますが、一つの国の内なる「経済」をはるかに超えて、ＩＴ革命とともに新たな加速度的な金融取引を軸とする資本主義が世界を席巻している。

今回のコロナ禍もまさに、三十年来のグローバリズムが、パンデミックの拡大に手を貸したことが露呈したわけです。

グローバルサプライチェーンの弊害がわれわれの目にはっきりと見えたのは、マスクです。医療品関係も中国に高依存していたため現場で足りず、医療崩壊の危機が取りざたされました。最初に武漢でコロナが発生したときは、対岸の火事であったものが、みるみる感染が拡大し、ヨーロッパに広がるのを見て、多くの日本人が初めて危機意識を持ちました。ことここにいたって、ようやくグローバリズムの負の面を多くの日本人が痛感した。そういう意味では、新型コロナの問題はグローバリズムの問題と捉えてもおかしくはないでしょう。

もちろん、グローバリズムへの批判は、十年以上前から、いわゆる保守の側からもなされてきました。ただこういう目に見えないウイルスによって、グローバリズムの危機が目に見える形で可視化された、というのが新しい事態です。

人間から「主体性」を奪うのがクライシスの本質

フランクフルト大学の教授など務め、戦後ドイツを代表する哲学者のユルゲン・ハーバーマス（一九二九〜）が書いた『後期資本主義における正統化の問題』という本があります。これは一九七三年に出されたもので、五十年近く前の本ですが、むしろ今日のわれわれにとって多くの示唆を与えてくれます。

国家が市場に介入する後期資本主義——一九六〇年代後半から現在へ至る西側の先進諸

国のことですが——は、周期的に訪れていたいわゆる「経済恐慌」についてはかなり封じ込められるようになった。その反面、危機は経済システムから政治システムに移っていき、さらには社会や文化のシステムへと広がっていくだろう。つまり、資本主義における経済危機が、経済の問題だけじゃなく、様々な形で複合化し、あるいは潜在化し常態化していくと予測しました。これは予言的であるし、当時からそういう状況の兆候があったのですが、ここ三十年のグローバリズムで加速されたわけです。

したがって、グローバリズムというのは経済の問題だけじゃなくて、まさに政治の問題でもあるし、社会の文化の危機でもある。同書の冒頭でハーバーマスは危機（＝クライシス）を次のように規定しています。

　危機の概念は、学問的な議論に入る以前に医療での用語法でおなじみである。

ようするにクライシスとはまず病状であって、生きるか死ぬかの危篤状態をいいます。つまり、危機の概念というのは病気と結びついている。

そのさい、われわれが思い浮かべるのは、病気の進行過程において、生体・有機体の自然治癒力が快復するのに十分あるかどうかが決まる局面である。病気という危機的な経過は、なにか客体的・客観的なものであるように見える。たとえば、感染症は生体への外部からの作用によってひき起こされ、その生体がそうあるべき状態、すなわち健康という正常な状態から逸脱しているかどうかを観察することができ、経験的な数値を用いてそれを測定することができる。

コロナもそういうところがあると思います。感染者の増加とか検査の数値に現れるのが危機の実体だとまず思ってしまいますが、そういうアプローチだけで考えると患者の意識はいかなる役割も果たしていないことになる。患者がどのように感じているのか。病気をどのように体験しているのかは数値では捉えられない。つまり数量的な客観的なバロメーターだけで捉えようとすると、危機の本質を見失うことになる。危機が遍在する、至るところに現れているときには、人間一人ひとりの主体的な要素が非常に重要になるわけです。

危機を、そこに巻き込まれている人間の内面的な観点から切り離すことはできないのだ。患者が病気の客体性にたいして無力感を覚えるのは、ただ、みずからの力を完全に掌握した主体である可能性を一時的に奪われ、受動的であるように強いられた主体になっているからにほかならない。

ハーバーマスの言い方は難しいですが、普段われわれは主体的に自分で歩いたり、食べたり、考えたりするわけですけれども、「患者」になるとそういう主体性を奪われてしまう。これは身体的だけでなく、精神の、心の領域でも、受動的であるように主体は強いられるようになる。実はここに、クライシスの本質があるのではないか、ということをハーバーマスは言っています。

このことは、われわれが今体験しているコロナの状況そのものです。たまたま感染していない人間も、「新常態」という名の下にある主体性を奪われている状況です。つまりハーバーマスにいわせれば、主体である可能性を奪われて受動性を強いられた主体になっている。日本の法的な問題は別として、感染防止の措置としてやむをえないとしながらも、主体であることを奪われた内面の問題として現前する。ここに今回のコロナウイルスという危機の本質があるのではないか。もちろんこれまでも危機はありましたが、非日常が日常化してこれほど身近になったことはないでしょう。ジョージ・オーウェル（１９０３～１９５０）の『１９８４年』ではありませんが、国家が国民の情報や行動を管理・監視する社会になっている。村上春樹もそれを受けて『１Ｑ８４』（２００９～10年、新潮社）を書きましたが、グローバリズムをもたらした情報革命は、今や新しい全体主義社会を生んでしまった。

コロナパンデミックとは形態こそ違うが、本質的には共通している二十一世紀に入ってのもう一つの危機があります。それは二〇〇一年のアメリカの同時多発テロ、九・一一です。やはりこのときもいろいろな議論がありましたが、フランスの哲学者ジャン・ボードリヤール（1929～2007）は「これは新しい戦争の形態だ」と言った。実は今回のコロナでもフランスの首相が同じように「戦争」という表現を用いています。

これまでの「戦争」といえば、世界大戦で、大きな戦争によって世界の秩序は作られてきました。たとえば、第一次大戦はアメリカを中心とした欧米の支配を、第二次世界大戦は東西冷戦を作り出した。しかし九・一一は、そういう戦争の形態ではなくて、非常に特異なフラクタル（自己相似性）な「戦争」。つまり細胞が抗体の形をとって反逆していくような、細胞のように散っていくというんでしょうか、そういう文明社会のあらゆる部分を標的とする、世界全体を不安定にしていく「恐怖」であると看破しました。

旧約聖書に「周囲いたるところに恐怖がある」という言葉があります。これはエゼキエルとかエレミヤという旧約聖書に出てくる預言者――「預言者」というのは先のことを予言するのではなく、神の言葉を預かる人のことですが――は、神からの忠告を預かって、つまり同胞に危機を知らせる。「このままいくと滅びる」ということを知らせる。自分たちの民族は復興して栄えているように見えるが、その実、目に見えない恐怖が迫っている。「周囲いたるところに恐怖がある」とエレミヤは預言しました。われわれは二十一世紀に入ってテロリズムでその「恐怖」を感じたのですが、今度はまさにウイルスというものによって、ボードリヤールの比喩《ひゆ》どおりに、まさに拡散した形でフラクタルな戦争が今の文明社会を襲撃している。

戦後日本で猛威を振るう「健康ファシズム」

さて、ここからが本題です。ウィズコロナの中で「われわれは主体である可能性を奪われつつある。あるいはそういう状態になっている」。そういう中で私が、二〇二〇年に入って、三月四月ごろから今日に至るまで、日本人として非常に感じているのは、われわれがウイルスの脅威に、おびえているのはなぜなのか。もちろん一言で言えば「死」です。死というものの危機で、それを意識せざるをえない。言うまでもなく人間の死というのは自らの存在を脅かすものであり、誰にとっても不可避であることは間違いない。必ず訪れる。だけど、そうでありながらわれわれは普段死ぬことをあまり考えない。日常的にはそのほうが楽であり、ごく普通である。しかし、逆に人間は死を意識したときに、「じゃぁ自分はどういうふうに今まで生きてきたのか」、そして「自分が生きる＝生というのは何なのか」、そういう問いが必ず生じてくる。それが重要だと思います。

日本は今年（二〇二〇年）で戦後七十五年目になります。八月十五日には毎年のように戦没者の慰霊祭がある。戦争の体験者だけでなく、私もそうですが戦後生まれの日本人の多くは、「戦争が終わって、良かった。まぁ敗れたけれども、平和な時代が来た。平和な日常が一番大事だ」。そのとおりではありますが、その発想がいつの間にか逆転して、「生きていればいいいんだ」という感覚にすり替わってしまったのではないか。生命至上主義というのか、「命あってのものだね」という意識が非常に強く、特に戦後生まれの日本人の中に強く根付いてきている。そのことを改めて思わざるをえません。

というのは、今回のコロナ感染でも、マスコミ・テレビ・新聞のすべての報道が――もちろん感染を防止するという意味では大事ですが――とにかくどうしたらコロナにかからないか、という話題に尽きています。もちろん政府も、感染防止のキャンペーンを張るのは当然だとしても、ハーバーマスがいうような「人間の内面的な観点」はほとんど顧慮されることはなかったと言っていい。感染者を増やさず、死者を出さないことはもちろん社会の最優先の課題ですが、あまりにも数字と統計に追いまくられている。

実は戦後七十五年、そして三島没後の五十年というのは「いかに健康に生きるのか」が人間の価値観になった時代です。テレビを見ればおわかりのようにほとんど健康食品と健康器具、そういうもののオンパレードです。「とにかく健康であることが人生最高の幸せである」、あるいは「幸せとはすなわち健康で長生きすることである」、そういう価値観がものすごく強くなっている。しかもそのような価値観にちょっとでも疑問を呈すと何かよろしくないような雰囲気が社会全体にある。

近年の禁煙運動なども社会から非健康的なもの、命を脅かすもの、少しでも健康を損ない死に誘うものというのは、健全な社会から排除していこうという一種の「健康ファシズム」が強く出てきています。

本当に怖いのは「死に至る病」

この「命あってのものだね」という生命至上主義は、しかし大変な逆説がある。人間という存在は、考えてみればもちろん健康であって仕事ができて長く生きられれば幸せな「ようだ」けれども、同時に人間は複雑な意識を持った生命体です。実存主義というのが戦後に流行して、「実存」いう言葉が流行《はや》りましたが、人間の実存にとっては、自分の生きがいや生きる価値というのは必ずしも「幸福」だけではない。むしろ受動的な「幸福」の中に永くいると、人間は本当の生命力を失っていく。幸せであるということがニヒリズム、虚無を人間の中に招き寄せていく。そういう意味では人間は複雑な生命体であると言えましょう。

特に日本は戦争が終わったあと、先ほど申し上げたような生命至上主義と平和主義、この平和主義のほうは占領下において作られた日本国憲法というものに象徴されていますが、そういう平和と生命至上主義の価値が最大限に尊重される社会になった。それは逆に言うと戦後の日本の社会を蝕《むしば》み、日本人の魂も弱らせてきたのではないか。そんな感じがしてならない。

ですから、よく生きるためには、実は死という問題を考えなければいけない。死にどこかで向き合う、ということが大事だと思います。

今回のコロナ危機は、主体的な人間の可能性としての死への向き合い方、これを人間の内面的な観点として問うている。それはとりもなおさず戦後の日本人のあり方を、その時代、社会というものを問い返している。

実存主義の先駆的な存在としてキルケゴール（1813～1855）という哲学者がいます。実存主義は日本ではサルトル（1905～1980）が有名ですけれども、キルケゴールはその前の十九世紀前半の人で、コペンハーゲンに生まれた。哲学者でありキリスト教の神学者と言ってもいいと思います。キリスト教の信仰を独自に体系化し自分の中に入れていった人です。代表作に『死に至る病』という有名な本がある。この本は一八四九年に出版されたもので、日本でも早くから訳されていています。キルケゴールをいち早く紹介したのは、無教会キリスト教の内村鑑三です。

「死に至る病」だからコロナだとか癌だとか、死因となる病気を連想させますが、そうではなくて、しかも死そのものも問題にしていません。キルケゴールは命そのものについてはキリスト教の復活の信仰を信じており、それについてここでは詳しくはお話ししませんが、死ぬこと自体は不可避だし誰でも等しなみに死ぬ。だから死そのものは実は怖いことではない。したがって、「死に至る病」は死そのものではなくて、実は人間にとって絶望することが一番怖い病なのだと、説いています。死を怖れるのは生物学的であり本能的で人間でなくても怖れますが、キルケゴールは意識を持っている人間だけが陥る病として「絶望」を取り上げるのです。

「絶望」の三つの形態

それには三つの形態があるとキルケゴールは言います。第一の形態は、絶望して自分自身であることを失うこと、全部自分が悪いのだという強烈な自己否定です。それが極限までいくと自殺を引き起こす。絶望して自分自身であろうと欲しない、弱さの絶望。これが第一の形態。

第二の形態は、絶望して反対に、より自分自身であろうとすること、つまり悪いのは社会であり自分自身ではない、と。「世間が悪い、社会が悪いんだ」と絶望して強烈に自己自身であろうとする、強情な絶望です。相模原のやまゆり園という知的障害者施設で、働いていた介護人の男が入所者を十九人殺害した事件がありましたが、まさにこれです。キルケゴールの言う絶望して、「こいつらが生きてるから悪いんだ」という、倒錯した絶望形態です。あれはだから決して狂気とか内的な感情とかでは片づけられない、本質的な絶望の形だと思います。今の社会、特に新自由主義の風潮の中から出てきたものです。

第三の形態は、絶望している自分がわからなくなってる絶望です。キルケゴールは絶望にそういう三つの形態があると言っています。

大学の講義で、学生諸君にこの話をして、「君たち絶望してるかね?」と聞くとたいていしてないと応えます。ですが「絶望してないような顔してるけど、君らも何らかの形で、小さな絶望は繰り返してるでしょう?」というと、みんな頷《うなず》く。そこで、「この三つの形態のうちどれ?」と聞くのですが、キルケゴールは本質なことを言っている。

ですから、先ほどの話に戻れば、生きるということ、健康に生きるのは大事なことだけど、しかし、そういう中で生きながらにして何か絶望している。あるいは生きながらにして本当の生命の価値というものを見失っているのではないか。つまり、平和、平和と言っていれば平和であるような、戦後の政治体制ともまさに重なる議論です。戦後七十五年の今日、コロナ拡大の中でこの問題こそが非常に露呈したのではないか。

劇薬『葉隠入門』が日本人に突きつけたもの

前置きが長くなりましたが、本書で取り上げる三島由紀夫は人間を受動的にさせるクライシス、「死に至る病」から目覚めさせてくれるまさに劇薬です。

三島の生涯は第一章で詳しく述べますが、その最期は昭和四十五年、一九七〇年十一月二十五日に、市ヶ谷の自衛隊東部方面総監部に「楯《たて》の会」のメンバー四人とともに乗り込み、自衛隊に向かって憲法九条の下では「自衛隊が違憲である。こういう憲法の下にいてほんとにいいのか」と憲法改正を訴えて、総監室で腹を切って自決した。いわゆる「三島事件」です。三島はその死でもって「平和」でありさえすればいい、「健康」でありさえすればいいという「生命至上主義」といった戦後の風潮を真っ向から否定してみせたわけです。

三島由紀夫はこのとき四十五歳ですが、三島由紀夫の文武両道の哲学を取り上げる一つの理由は、敗戦から七十五年、三島の死から半世紀を迎える節目に、われわれが向き合ってこなかった「死の哲学」が自分自身の問題として眼前に浮き彫りになっていると思うからです。つまり、端的にわれわれ自身の「生き方」が問われているのではないか。

三島由紀夫が耽読《たんどく》した本の一つに江戸時代に書かれた『葉隠』があり、三島自身『葉隠入門』という本を書いているほどです。

『葉隠』といえば、「武士道といふは、死ぬ事と見附けたり」が有名ですが、この本は享《きょう》保《ほう》の元年（一七一六）、戦から遠ざかっている、つまり刀というものを使って命のやり取りをすることがなくなった時代、まさに太平の時代を生きなければならなかった江戸時代の侍に、その生き方の指南として鍋島《なべしま》藩の藩士の山本常朝《つねとも》（１６５９〜１７１９）が語った本です。

侍は身分制により侍の身分を保証されていたわけですが、侍の魂のあり方を語っている。今日で言えば「サラリーマンの生き方」といったような指南書になるでしょう。具体的な武士の作法を、酒の飲み方、飯の食い方から、同志との付き合い方などまさに「生き方」本です。しかし『葉隠』は死に方がわからなくなった時代に死の意識を思い出させる、想起させることで、いかに生きるべきかを説いた書物です。冒頭の有名な一文を引きましょう。

> 武士道といふは、死ぬ事と見付けたり。二つ二つの場にて、早く死ぬほうに片付くばかりなり。（中略）毎朝毎夕、改めては死に改めては死に、常住死身《しにみ》なりて居る時は、武道に自由を得、一生越度《をちど》なく、家職を仕果《しおほ》すべきなり。

「武士道といふは、死ぬ事と見附けたり」。つまり生き方を考えるときに、死に方が大事だということです。死の意識を常に持つことが実はよく生きるための最大のカギである。常に死を心に当てて、万一のときは死ぬことを選べば間違いない。死ぬべきときに死なないのはよろしくない、という行動哲学です。実際山本常朝その人は、六十一歳の長寿で、畳の上で死んでいます。だから彼が説いているのは、武士の決断であり、「常住死身」——

――常に死を身に付けている――生き方の作法です。

三島由紀夫はまさにこれを座右の書としてきたと、『葉隠入門』の冒頭でこういうふうに言っています。

「葉隠」はそういう太平の世相に対して、死という劇薬の調合を試みたものであった。この薬は、かつて戦国時代には、日常茶飯のうちに乱用されていたものであるが、太平の時代になると、それは劇薬としておそれられ、はばかられていた。山本常朝の着目は、その劇薬の中に人間の精神を病いから救いやすところの、有効な薬効を見いだしたことである。

まさに『葉隠』の中には、太平という世の中では「死という劇薬」として恐れられ憚《はばか》られたといいます。これは戦後の日本がまさにそうだと。

日本人の哲学

考えてみれば、日本は江戸時代の鎖国が終わり、明治維新を経て大東亜戦争（太平洋戦争）

を敗北する昭和二十年八月十五日まで、世界の帝国主義の時代の中で戦ってきた。これは長い戦乱の世といっていい。三島の先輩である作家の林房雄（1903〜1975）が昭和四十年に――これは三島由紀夫も読んでいますが、『大東亜戦争肯定論』（1964〜1965刊）という本を書きました。

この『大東亜戦争肯定論』は昭和十六年十二月からの大東亜戦争がなぜ起こったのか、あの戦争は何であったのか、という問いを非常に大きな歴史的スパンの中で考察したものです。昭和四十年当時ですから雑誌の「中央公論」に連載されたものなのに、単行本は中央公論社から出せなくて、番町書房から出版されました。まだ戦後平和主義、特に左翼の強い時代でしたから、「大東亜戦争を肯定するとは何事だ」ということで、危険な思想家と見なされた。

今日読むと、明治以降の歴史を巨視的な物差しで捉えた興味深い本だと私は評価します。幕末から大東亜戦争の敗戦まで、日本は常に西洋列強との戦いの中にいた。黒船が来る前からすでに、オランダ、ポルトガル以外のロシアやイギリスの船が日本に押し寄せてきていた。そしてペリー来航があった。まさに怒濤《どとう》の如く帝国主義が押し寄せてきたと言っていいでしょう。そして、鉄の輪っかで締め付けられるように日本の近代化が始まった。そういう中で日本人というのは幕末から大東亜戦争までの百年以上も、常に戦いのうちにあった。

戦争がなかった時代もありますが、結局それは一時休戦していただけだった。だからある意味、日本人は昭和の敗戦まで、世界史の中の「戦国時代」に生きたと言ってもいいでしょう。ところが戦争に敗れて、同胞だけでも三百万人もの犠牲者を出し、国土の市街地の四割が灰燼《かいじん》に帰して、戦後は、戦争の反省という名の下に平和主義が広まって、自分たちの戦争をどう捉えるかという議論も十分になされてこなかった。世界史の戦国時代は、忽然《こつぜん》として終わり、太平の世相になったと教科書は教えてきました。

三島由紀夫はこの『葉隠』という本をあえて戦後の日本人に突き付けたところがある。これは一つの劇薬である。ただ、この劇薬の中に、人間の精神の病から癒すところの有効な薬効を見出しうるのだとも言っています。

キルケゴールの「死に至る病」、つまり絶望という病。平和で生きることに価値があり、しかしその中で人間は生に倦《う》み、心を病み、大なり小なりの絶望があり、そういう状態にずっと長い間日本人が置かれてきた。そうなるとこの劇薬をもう一度われわれは服用する必要がある。すなわち三島由紀夫の「日本人の哲学」です。これを考える必要がある。没後五十年という年に、この三島の文武両道の哲学、それを見直す時期についに来ている。

第一章

「三島由紀夫」とは何者だったのか

——文武両道の四十五年

三島事件の衝撃

序章で述べたように三島事件が起きたのは昭和四十五年ですが、「祖国防衛隊」――のちの「楯《たて》の会」が結成されたのはその二年前の昭和四十三年です。当時は一九六〇年安保闘争以降、七〇年の安保改定に向けて学生を中心にした新左翼運動が激化しましたが、これは世界的潮流で、六八年のフランスのパリで起きた学生運動は「五月革命」と呼ばれたように「革命」の情熱にあふれた時代状況でした。そうした状況にあって、日本の価値を守ろうという三島由紀夫とともに学生が中心になって結成されたのが「楯の会」です。

この「楯の会」のメンバー四人と三島由紀夫は当時市ヶ谷にあった陸上自衛隊の東部方面総監室に訪問し、面会した益田兼利総監を人質にして、バルコニーから自衛隊に向かって演説をしました。そして直後に三島は割腹自決しています。三島の介錯をしたのは当時二十五歳だった森田必勝《まさかつ》ですが、実際には森田は二振りするもうまくいかず古賀浩靖というもう一人の会員が切り落としたといわれています。続いて森田必勝も切腹し、介錯を受けて逝きました。二人の切り取られた首で総監室は血の海になっていた。

三島が演説をしたバルコニーというのは総監室の窓の外にあります。今では防衛庁に建て替えられこの建物はありません。

私はずいぶん前になりますが、まだ市ヶ谷に東部方面部隊がいたころ、知り合いに総監室を案内してもらったことがある。種具正二郎さんという方が総監で、話を聞きました。総監室はかなり広い。三島由紀夫は関ノ孫六《せきのまごろく》という名刀を持っていたのですが、総監を人質にして、椅子やテーブルでバリケードを作って閉ざしていたドアを押しのけて入ってこようとした自衛官と乱闘になったときに、三島が抜いた刀傷がドアにそのまま残っていました。バルコニーは総監室からすぐなんですが、その日は雨だったため出ることはできませんでした。余談ですがそのときついでに、当時のまま残っていた極東軍事裁判の講堂と、地下にある巨大な防空壕を見学させていただきました。

三島はそのバルコニーから演説をするのですが、その前に檄文《げきぶん》を下に参集した隊員たちに撒《ま》き、主張を書いた垂れ幕を垂らします。三島はだいたい千人ぐらいの隊員に向かって、「自衛隊が名誉ある国民の軍隊になる、つまりアメリカの傭兵《ようへい》であるような状況から抜け出るために憲法改正のために立ち上がれ」と呼び掛けた。これはもちろん敗戦後に作られた憲法九条、特に第二項の「日本は軍隊を用いない、国の交戦権はこれを認めない」に向けられたもので、自衛隊は憲法違反だとした日本国憲法を改正するために立ち上がらなければ、自衛隊はずっとアメリカの傭兵になってしまうぞ、と訴えた。面白いことに檄文には「あと二年のうちに」と書いてあります。

三島は「楯の会」の制服姿で頭には「七生報國」と書いた日の丸の鉢巻を締めていました。七度生まれ変わってでも国のために報いるという意ですが、これは特攻隊の若者が出征のときに締めていた鉢巻に記されていたものであり、遡《さかのぼ》れば楠正成《くすのきまさしげ》（1294～1336）が自害するときに言い残した言葉です。

クーデターの失敗は見込んでいた

三島自身は昭和二十年の二月に召集令状（赤紙）を受けています。ただ、小さいころから非常に病弱であったために、入営検査するも軍医の誤診で即日帰郷となって、実際に戦場に出征することはありませんでした。しかし同時代の多くの若者は戦死して帰らぬ人になっていたので、三島にとってはそれが負い目になっている。三島は昭和と満年齢が重なりますから、昭和二十年には二十歳《はたち》だった。だから多くの同時代人、若者が戦死しているということもあります。この自衛隊での蹶起《けっき》は戦後二十五年目、四半世紀にあたる年でした。

三島は世界的な作家でノーベル文学賞の候補にもなっていましたが、三島事件に対して当時の文壇は少数の例外を除いてほとんど批判的なものでした。首相は佐藤栄作で、防衛庁長官は中曽根康弘です。佐藤首相は三島のことをよく知っていたと思いますが、「気が狂ったのではないか」という感想を漏らしたと言われています。

事件当時私自身はまだ中学一年生でしたから、三島由紀夫のことも知りませんでした。市ヶ谷に近い四谷の中学校で、正午、お昼休みにたまたま職員室に行ったら、教師たちがテレビの前に総立ちになっていた。「三島由紀夫が切腹をしたって」。これは余談ですけれど、私は青島幸男と聞き違えて、教室に帰って、全員に向かって、「おーい、青島幸男が切腹したらしい」と言ったら教室中が騒然となった（笑）。十三時になって、授業が始まると英語の先生が英語の授業をやらないで、一時間三島由紀夫の話をした。「三島由紀夫というのは大変有名な作家だと。青島じゃねえぞ」と（笑）。

私自身は昭和三十二年（一九五七年）の生まれですから、要するに高度経済成長の中で幼少年期を過ごした世代です。もちろん戦争も知らないし戦後の混乱期も直接には知りません。一九六四年には東京オリンピックがあり、七〇年には大阪万博があった。平和な時代の中に生きてきた少年で、野球に夢中になっていた。なぜそんな高名な小説家が自衛隊に行って切腹したのかよくわからなかったし、非常に不思議な感覚でした。

家に帰ると夕刊に大きく、「三島由紀夫自衛隊で割腹自殺『楯の会』の会員と自衛隊に乱入」。各紙夕刊一面で大きく報じてました。その日は臨時国会が召集されて、佐藤栄作首相が所信表明演説をした日だったのですが、その演説の内容が、一面のわきに置かれ、真ん中に大きく三島由紀夫の写真が出ていました。じつは蹶起の前に、NHKの記者と毎日新聞の記者に自らの主意書、決意書、蹶起書と写真を渡していたのです。ですから毎日新聞はその写真を使って大きく報道していました。それからバルコニーで仁王立ちになって演説してる三島の写真が載っていた。

三島の演説はおよそ十分で、これは今でも聴くことができますが、当時はラジオを通して肉声だったのでほとんど聞こえないような状態でした。三島はそこで「自衛隊が今立ち上がらなければ永遠にアメリカの傭兵になってしまうと」と言い、檄文の最後には「武士の魂を蘇《よみがえ》らせるために自分は蹶起した」ということを書いています。そして「生命尊重のみで、魂は死んでもよいのか」という言葉も檄文の中にありました。

いずれにしても自衛隊の諸官に向けて憲法改正へ「立ち上がれ」というメッセージですが、三島は自衛隊が当時の状況で、いわゆるクーデターなどを起こして改憲をするということは、起こりえないと十分承知していたと思います。三島は現実社会に対して醒《さ》めた目を持っていました。これは自衛隊員に直接呼びかけるとともに、日本の国民自体に向けた檄です。ですから、最期は自決するという準備に余念はなかったわけです。割腹、介錯とすべて予定内の行動でした。

三島の事件後に、その死に関して多くの方がコメントを残していますが、私にとって非常に興味深いのは、三島由紀夫とは政治的な立場としては反対側であった文学者で、思想家だった吉本隆明（1924～2012）です。

同世代の吉本隆明が捉えた三島の死

吉本隆明は三島の一つ歳上で、いわゆる「戦中派」に属します。吉本隆明は工業高校を出て、のちに東京工業大学に行くのですが、若いころから文学に親しんでいた。そして、詩を書き、批評文を書いていきます。昭和四十三年に吉本隆明は代表作である『共同幻想論』を世に出している。期せずして三島が「文化防衛論」を発表した年と重なります。

三島と同世代だった吉本は、日本が戦争に入っていく過程の中で育ち、皇国史観の教育を受けました。そして吉本自身も熱烈な天皇崇拝を持った少年だったようで、当然、あの戦争は最後まで戦うものだと思っていた。三島はむしろ反対で、非常に早熟な文学少年だったから、実は敗戦のショックはさほどでもなかったと書いている。逆に吉本は敗戦によって「自分の今までの人生が真っ二つになった」。そして戦後は天皇制の批判に向かう。

ですから吉本は六〇年代の新左翼の人たちにとっての理論的支柱でもあった。

その吉本が三島の死の直後にいくつかの文章を書いています。当時「試行」という自分で創刊した雑誌に「状況への発言」という連載（のちに単行本化）を載せています。その中で三島の死について次のように述べています。

三島由紀夫の劇的な割腹死・介錯による首はね。これは衝撃である。この自死の方法は、いくぶんか生きているものすべてを〈コケ〉にみせるだけの迫力をもっている。

「状況への発言」というのは吉本が非常にざっくばらんな感じで書いている文章で、「すべてを〈コケ〉にみせるだけの迫力をもっている」というのは、同世代の人間として、そして文学者としての正直な感想だったと思います。また、こういうことを言っています。

三島由紀夫の割腹死でおわった政治的行為が、〈時代的〉でありうるかどうか、〈時代〉を旋回させるだけの効果を果しうるかどうかは、だれにも判らない。三島じしんが、じぶんを正確に評価しえていたとすれば、この影響は間接的な回路をとおって、かならず何年かあとに、相当の力であらわれるような気がする。

真の反応は三島の優れた文学的業績の全重量を、一瞬のうち身体ごとぶつけて自爆してみせた動力学的な総和によって測られる。そして、これは何年かあとに必ず軽視することのできない重さであらわれるような気がする。三島の死は文学的な死でも精神病理的な死でもなく、政治行為的な死だが、その〈死〉の意味はけっきょく文学的な業績の本格さによってしか、まともには測れないものとなるにもちがいない。

これはそのとおりだと私も今にして思います。

三島の死は、のちの時代に、特に若い人たちに非常に影響を与えた気がします。私も高校ぐらいにこの文章を読んで、おぼろげながらに感じたものがあります。だから世代ごとにいろいろな受け止め方が、三島由紀夫の自決にはあったと思いますが、少なくとも私自身にとっては、あの自決の衝撃の意味を、三島由紀夫の文学や書き残したもの――これから取り上げる「行動学入門」もその一つですけれども――そういうものを読んでいく過程で、だんだん彼自身が持っていた意味というものがわかってきました。

祖母の異常な教育を受けた少年時代

ここで、読者のために、三島の作品を通して三島の生涯をたどっていきたいと思います。三島由紀夫は大正十四年（一九二五年）一月十四日に生まれています。大正十四年生まれというのは前述したように、満年齢が昭和の年と一致します。出生地は東京市四谷でした。そして本名は平岡といいます。平岡梓・平岡倭文重《しずえ》の長男として生まれています。祖父の定太郎は福島県知事をやって、樺太庁の長官を務めた人でした。しかしその後失脚し、様々な事業に手を出したけれどもあまりうまくいかなかった。三島に公威《きみたけ》というのを命名をしたのが、この定太郎です。

父親の梓は東京帝国大学を卒業して当時農商務省に勤務していました。母の倭文重は東京開成中学の校長の次女であった。女学校を出て満十九歳で梓と結婚しています。二十歳の誕生日を迎える前に公威を出産していた。三島には昭和三年に生まれた妹、それから昭和五年に生まれた弟がいました。妹は実は戦争が終わってすぐに十七歳で腸チフスで亡くなり、三島はそのことの痛手を書いています。

三島といえば後年のマッチョな肉体というイメージが強いし、実際に市ヶ谷での自決も、彼の鍛えた肉体と切腹のイメージが伝わっていますが、非常に体の弱い子だった。これは成人してからも変わらず、あの肉体というのは三十ごろから始めたボディビル等の肉体改造の賜物でした。ですから小さいころから青白くて、痩《や》せた、特に病気がちな体質だったわけです。

先ほど祖父の話をしましたが、三島に大きな影響与えたのは、実は祖母の夏子です。気位の高い人だったといいます。当時の大審院判事の永井岩之丞《いわのじょう》の長女で、有栖川宮《ありすがわのみや》の屋敷に行儀見習いに上ったこともある。この永井家というのはもともと旗本の家だった。ですから夫が樺太庁長官を務めながらも、のちに事業がなかなかうまくいかず、借金を尻目に祖母の夏子は苦労もしたようです。

この夏子が生まれて間もない公威を始終そばに置いて教育をした。夏子は病気で床につきがちな生活でしたから、公威を奪って一階に住む自分の部屋に置き、息子夫婦は二階に追いやった。家の中では夏子が権威で、異を唱えることはできなかった。したがって公威は体の弱いうえ過保護に育てられた。半面、夏子は非常に教養があり、言葉遣いに厳しく、読書好きで、歌舞伎などにも頻繁に連れていってくれた。

そういったいわば後年の作家三島由紀夫を生むような、ある種特別な教育をうけていたわけです。少年公威は暗い老女の部屋の中に閉じ込められて育っていった。食事やおやつも制限されて、ますますひ弱な少年になっていった。こういう才能を持つ作家というのは、一種異常な教育の中にないと育たないという典型例です。

そして三島は昭和六年に夏子の発案で学習院の初等科に入ります。平岡家は官僚をやっていても平民です。当時は華族制度があり、学習院はどちらかというと華族の学校でしたが、入学は可能だったようです。昭和六年というのは満州事変が勃発《ぼっぱつ》して時代が戦争に傾いていく時代です。したがって学習院でも体力を向上させるための行事がいろいろあったようで、公威少年は非常に苦労した。そういう肉体へのコンプレックスが学習院という環境でより強くなっていたのではないか。

その一方で、三島は文学においては早熟な才能を発揮していきます。

昭和十二年四月に中等科に進学し、やっと祖母の元を離れて、両親と兄弟の住む渋谷の借家に移ります。成績も上がり、本格的な詩や小説を書き出します。学習院は「輔仁会雑《ほじんかいざっ》誌《し》」という雑誌があって、そこに詩を投じたりしていきます。そして十三歳のときに「酸《す》模《かんぼ》」――これは花の名前ですが――という短い小説を書きます。

これは三島由紀夫全集で読むことができます。すかんぽという花が咲く丘で刑務所から脱走してきた男と少年が出会い、そして男が刑務所に戻るという話。ですから小さな少年が花の咲く丘の上で異形のもの＝脱走者と出会うという小説です。ちょっと牧歌的だけれども同時に異形者とのある緊張感を描いています。母の倭文重はこれを読んでもう口が利けなくなるほど呆気《あっけ》に取られた。こんな文章を書いてしまった、と。そのときのことを三島は回想しています。

「花ざかりの森」で誕生した「三島由紀夫」

中学のころから三島は様々な国内外の小説を読んでいきます。レイモン・ラディゲの『ドルジェル伯の舞踏会』とか、オスカー・ワイルドの『サロメ』などに影響を受ける。それからフランスの詩人たちのものも読んでいきます。さらに日本の古典文学にも親しみますが、当時は皇国史観ですから『古事記』や『日本書紀』は当然だとしても、十代の三島は『源氏物語』であるとか、和泉式部だとか、まさに「手弱女振《たおやめぶ》り」の古典に親しんでいました。そういう意味でこの世代は大変に教養の幅が広がった世代だと思います。

大正に関東大震災があって、その後帝都が復興するわけですが、同時に「円本」と言われる廉価な文学全集がいっぱい出た時期です。つまり帝都復興というのは、都市の復興だけでなく、大正モダニズムの中で育まれた、西洋の教養も含めた、多様な文化が出てくることをいいます。三島由紀夫の世代というのはおそらくこの円本を始めとした、世界文学全集とか、世界小説全集とか、大変豊かな翻訳文化あるいは日本の古典全集とかが一般の人にも届くような、そういう読書環境にあった時代でしょう。

そのときに三島のように比較的恵まれた家の子供が、しかも大変早熟な文学的才能を持っていた少年が、それを吸収した。もちろん夏子という祖母の特殊な教育もあるけれども、三島由紀夫のその才能の開花を急がせた当時の日本の文化状況があったに違いないと思うのです。その後の世代では経験できなかったものではないか。

そして十六歳で書いた「花ざかりの森」という小説が学外の雑誌でありますす「文芸文化」に掲載されます。「文芸文化」は当時日本浪曼派と言われている人たちが出していた雑誌で、三島の学習院の国語の先生だった清水文雄を始めとする人たちが、国文学の研究評論雑誌として創刊したものです。ここに平岡公威の「花ざかりの森」が載ることになるのですが、このときにはまだ中学生だった三島を、先生が配慮して、本名ではなくペンネームで出そうということになった。そうしてできたペンネームが「三島由紀夫」だった。つまり三島由紀夫という作家の誕生は、この十六歳の「花ざかりの森」を嚆矢《こうし》とすると言っていいと思います。

戦時体制におもねる知識人を批判していた十八歳

「花ざかりの森」は今は新潮文庫になっています。また『三島由紀夫十代書簡集』という、三島が学習院で「花ざかりの森」を書いたころから数年間、学習院の先輩だった東文彦に送った手紙を載せたものがあり、これを読むと三島が同作品どういう状況で書いたかがわかる毛筆の書簡が収録されています。実はその書簡集は私も縁があります。平成十年（一九九八年）にある方から電話もらって、三島さんの書簡があるんだけど見てくれないか、といわれ、間違いなく三島由紀夫の手紙であることを確認して、「新潮」（一九九八年十二月号）に発表したという経緯があるからです。この書簡集の中で一つだけ読みましょう。昭和十八年三月二十四日に東文彦に宛てた書簡で、三島が十八歳ごろです。大東亜戦争の最中にこんなことを書いています。

真の芸術は芸術家の「おのずからなる姿勢」のみから生まれるものでしょう。近頃近代の超克と言い、東洋へ帰れ、日本へ帰れ、と言われる。その主張者は立派な方々ですが、なまじっかの便乗者や尻馬に乗った連中のそここにかもし出している雰囲

気の汚ならしさはちょっと想像もつかぬものがあると思います。我々日本人である。我々の中に「日本」がすんでいないはずはない、この信頼によって「おのずから」なる姿勢をお互いに大事にしてまいろうではございませんか。

ここでの「近代の超克」「日本へ帰れ」「東洋に帰れ」という言葉は、当時戦争中に西洋から日本は脱却して東洋に帰れ、日本主義とか皇国史観とか、そういうことが盛んに言われたことを指しています。もちろん三島も関心があったと思います、その時代の子ですから。しかしそういう主張をされている方は立派な方々がいるけども、「便乗者や尻馬に乗った連中のそここにかもし出している雰囲気の汚らしさはちょっと想像もつかぬのものがある」と言っている。つまり明らかに三島は戦争中の世論に対して違和感を感じていた。われわれは日本人なのだから、われわれの中に日本が住んでいないはずはない。戦時体制の中で日本主義とか天皇陛下万歳とか言ってる、そういう時局に便乗している人たちへの違和感を十八歳の三島は示しているわけです。

ですから、三島由紀夫は自衛隊で憲法改正を訴えて、天皇陛下万歳と言ってその後総監室で自決しましたけれども、決して戦前の日本は良かった、戦前の天皇制が良かったと言っているわけではありません。それはあとで、「文化防衛論」の章で言いますが、思想として決して戦前回帰ではなかった。明治以降の社会や政治や天皇制が良かったという立場の人間ではなかったことが、こういう書簡の一部からも推測することができると思います。当時保田與重郎《やすだよじゅうろう》（1910〜1981）など日本浪曼派の有名な文士たちがおりました。三島は保田を尊敬してたと思いますけれども、しかしそれとは違う大正っ子としての三島少年は、先ほど申し上げた世界文学全集や日本の古典というバランスのとれた文学的教養、西洋的な哲学を持っていた世代の申し子だった、ということもここでは強調しておきたいのです。

さて、三島は体が弱かったので、入営検査のさいに軍医の誤診により肺浸潤となり、運良く即日帰郷になった。その後、勤労動員で神奈川の海軍工廠《こうしょう》に行って、敗戦は一家の疎開していた世田谷区の豪徳寺で知ります。やはり二十歳の青年にとって敗戦を迎えたということが衝撃でなかったはずはありません。三島は敗戦をまたいで「岬にての物語」という小説を執筆しています。しかしこの小説の背後に敗戦の動揺は何ら影を落としてはいません。

二十歳の私は、何となくぼやぼやした心境で終戦を迎へたのであって、非憤慷慨もしなければ、欣喜雀躍もしなかった。

と後に書いているくらいです。しかし、『金閣寺』を読めば当時の三島の心境がわかりますが、それは後述します。

『仮面の告白』は私小説

戦後は東京帝国大学の法学部を出て、高等文官試験に受かり、大蔵省に勤務します。父親・梓のたっての望みで「小説なんかはダメだ、お前は高級官僚になれ」という方針にいったんは従います。母はひそかに小説を書いていることを応援してくれたようですが、父は小説の原稿を破ってしまうこともあった。それでも三島は『十代作品集』ができるほどの作品を描き続け、大蔵省に入ってからのちも、自分の本領は文学であり、小説を書きたいという思いがやまず、職業作家への道を模索していくわけです。

転機となったのは川端康成（1899〜1972）で、自分の原稿を読んでもらうために原稿を預けます。そして当時その川端が関わっていた『人間』という雑誌に「煙草」という作品が発表され（昭和二十一年）、これが三島の戦後のデビュー作になります。

しばらく大蔵省と執筆生活の両立を続け、この間に初の長編小説『盗賊』も書いています。しかし、やはり両立は難しいということで、昭和二十三年九月には辞表を提出して退職します。この退職を機に、書き下ろしたのが代表作となる『仮面の告白』です。これは河出書房の編集者から長編の依頼に応じたもので全霊で取り組みました。

「仮面の告白」で自分の「ヰタ・セクスアリス（性欲的生活）」として描いているのは、青年期の感覚、園子という女性との恋愛、それから自分の中にある性的な倒錯、同性愛的な要素などを心理的な描写で描いた作品です。「仮面」の告白、つまり虚構の告白。ですが、ある意味私小説になっていると私は思います。大正期から私小説というのが一つの文学の経路になっています。自分が戦前の日本浪曼派の流れとは違った近代小説を書くとなると、この日本の文学的伝統の中にある私小説のようなものを書かなければいけない。ですから担当の河出書房の坂本一亀という編集者に「今度の小説は生まれてはじめての私小説で自分自身の生体解剖をしようと試みました」といっている。

三島の戦後の出世作であると同時に、それまでの自分を分析した作品です。虚構の告白でありながら切実な真実が垣間見えます。

第一章のところで、自分の小さいころの記憶が書かれている。

——さらに一つの記憶。

汗の匂いである。汗の匂いが私を駆り立て、私の憧れをそそり、私を支配した。……耳をすましていると、ザックザックという混濁した・ごく微《かす》かな・おびやかすような響きがきこえてくる。時として喇叭《らっぱ》が混じり、単純な・ふしぎに哀切な歌声が近づく。私は女中の手を引き、はやくはやくと急き立て、女中の腕に抱かれて門のところに立つことへ心をいそがせた。

練兵からかえるさの軍隊が、私の門前をとおるのだった。私はいつも子供好きな兵士から、空《から》になった薬莢《やっきょう》をいくつかもらうのをたのしみにしていた。祖母が危険だといってそれを貰《もら》うことを禁じたので、このたのしみには秘密のよろこびが加わった。鈍重な軍靴のひびきや、汚れた軍服や、肩にかついだ銃器の林は、どの子供をも魅し去るに十分である。しかし私を魅し、かれらから薬莢をもらうというたのしみのかくれた動機をなしていたのは、ただかれらの汗の匂いであった。

兵士たちの汗の匂い、あの潮風のような・黄金《きん》に炒《い》られた海岸の空気のような匂い、あの匂いが私の鼻孔《びこう》を搏《う》ち、私を酔わせた。私の最初の匂いの記憶はこれかもしれない。その匂いは、もちろん直ちに性的な快感に結びつくことはなしに、兵士らの運命・彼らの職業の悲劇性・彼らの死・彼らの見るべき遠い国々、そういうものへの官能的な欲求をそれが私のうちに徐々に、そして根強く目ざめさせた。

三島らしい文体です。作家の中にある悲劇性への想い、それから、まだこのころは体の弱い青年だったと思いますが、後年に強靭《きょうじん》な肉体を作り「楯の会」を結成し蹶起に至る萌芽をうかがわせます。練兵から帰る軍隊の姿と匂いの描写にそれが描かれていると思います。

第四章で取り上げる「太陽と鉄」で述べますが、幼児の自分の記憶は最初に言葉が訪れて、それから肉体が訪れたという。『仮面の告白』は言葉によって肉体、行動、悲劇性、そして死を、一つの予兆のように書いていることが大変印象的です。

太陽と出会った『アポロの杯』と『潮騒』

三島の転機となったのは、海外への旅行です。

昭和二十六年十二月に朝日新聞の特別通信員という資格を得て、初の海外旅行に出かけます。『仮面の告白』が注目され多くの短編小説を文芸雑誌に発表し、それから「禁色」という長篇小説の第一部が同年十月に完結しています。三島は文学の世界で若い才能として認められていた時期で、そういうときに翌年の五月まで海外に行きます。

船に乗り、ハワイに向かう船上で、三島は「太陽と出会った」といいます。暗い夜の世界、内面にこだわる文学の世界、あるいは異端の世界に誘い込む感受性、自分の中のそういう感受性というものを、「この世界旅行ですり減らしてこようと考えていた」と言っています。だからまさに太陽との出会いです。アメリカ本土からブラジルに渡り、日系人のいる牧場で過ごしたり、リオのカーニバルなどの踊りにも出くわした。そしてヨーロッパでは、ロンドンとかパリとかローマではなくて、やはりギリシャに三島は惹《ひ》かれます。むろん、今のギリシャではなくて古代ギリシャ。まさにギリシャ悲劇を生んだような古代ギリシャが三島由紀夫の憧れの地です。

私は自分の筆が躍るに任せよう。私は今日ついにアクロポリスを見た！　パルテノンを見た！　ゼウスの宮殿を見た！

眷恋《けんれん》の地ギリシャの印象は、三島が紀行文『アポロの杯』（昭和二十七年十月）で書いています。古代ギリシャの何が惹きつけるのかというのは、ギリシャ人は感受性とか内面よりもやはり外面、つまりアポロ的な美、これは哲学者のニーチェ（1844～1900）が『悲劇の誕生』という本で書いていることですが――ギリシャの精神にはアポロン的なもの、つまり建築的なもの、彫刻的なもの、そういうものを持っている。三島を引きつけたのは精神性の高い文化よりも、外面の美に価値を置く文化です。美しい強靭《きょうじん》な肉体。こういうものに三島が惹きつけられた。ずっと小さいころから体も弱くて、暗い部屋の中で過ごし、言葉の世界に育ってきた。そういうものとは反対物である太陽と三島は出会ったわけです。

旅行から帰国した三島は昭和二十九年、その体験をインスピレーションに三重県伊勢湾に浮かぶ神島を舞台にして『潮騒』を書きます。十八歳の漁師の新治と、村一番のお金持ちの船主の娘である初江という、漁師と村の娘との恋愛、婚約に至るまでの姿が美しい島の自然を背景に描かれている作品です。これは書き下ろしで、十分な時間をとって、ギリシャの小説『ダフニスとクロエ』の翻案として描かれたものです。都会から離れて孤絶した共同体における純朴で健康的な少年少女の恋愛小説です。自分の反対物といっていい作品を書いています。

『潮騒』はポピュラリティーもあり、瞬く間にベストセラーになりました。純文学の作家でも、たとえば川端康成の『伊豆の踊り子』のように多くの読者を得てベストセラーになると映画化されます。この『潮騒』もすぐに東宝で映画化されています。そういう意味では二十代後半の三島の代表作と言って良いかもしれません。

太宰治と一度きりの面会

ところで、ベストセラー作家といえば、三島が戦後に意識していた先輩の作家は太宰治（1909〜1948）だと思います。「太宰嫌い」で有名ですが、実は三島は太宰と一回だけ会っています。そのことは『私の遍歴時代』（昭和三十八年）の中でふれられています。若い三島が小説家になっていくプロセスで知り合いを通して太宰治を訪ねるのです。ちょうど太宰は『斜陽』を書いて、人気作家になっていた。その場面はこうです。

……場所はうなぎ屋のようなところの二階らしく、暗い階段を昇って唐紙をあけると、十二畳ほどの座敷に、暗い電燈の下に大ぜいの人が居並んでいた。あるいはかなり明るい電燈であったかもしれないのだが、私の記憶の中で、戦後の或る時代の「絶望讃美」の空気を思い浮かべると、それはどうしても多少ささくれ立った畳であり、暗い電燈でなければならないのだ。

上座に太宰治と亀井勝一郎という友人の評論家がいて、青年たちがその周りをずっと囲っている。三島はそこでかねてからどうしても太宰に言いたかったことを口にします。

それを私は、かなり不得要領な、ニヤニヤしながらの口調で、言ったように思う。すなわち、私は自分のすぐ目の前にいる実物の太宰氏へこう言った。

「僕は太宰さんの文学はきらいなんです」

その瞬間、氏はふっと私の顔を見つめ、軽く身を引き、虚をつかれたような表情をした。しかしたちまち体を崩すと、半ば亀井氏のほうへ向いて、だれへ言うともなく、

「そんなことを言ったって、こうして来てるんだから、やっぱり好きなんだよな。なあ、やっぱり好きなんだ」

——これで私の太宰氏に関する記憶は急に途切れる。気まずくなって、そのまま匆々に辞去したせいもあるが、太宰氏の顔は、戦後の闇の奥から、急に私の目前に近づいて、またたちまち闇の中へしりぞいてゆく。その打ちひしがれたような顔、そのキリスト気取りの顔、あらゆる意味で「典型的」であったその顔は、ふたたび、二度と私の前にあらわれずに消えてゆく。

これは面白いですね。だから太宰治と自分は違うんだ、という。しかし実は『仮面の告

白』は、太宰治の『人間失格』に似ています。だから太宰に対して、三島由紀夫は若いころから、アンビバレンスな愛憎的な感情を持っていたのだと思います。優れた文学者たる先輩に対する何かライバル意識だけではなくて、太宰治という作家の中に、自分にも相通ずるような気質、文学的な感受性があるというのを三島は感じていたのではないか。

太宰も心中、自殺をします。三島と太宰は、戦後の文学を象徴する二人の作家だったと言えるし、今日までいまだに人気があり読み継がれている。

『金閣寺』にみる敗戦の衝撃

昭和三十一年、代表作の『金閣寺』が書かれます。これは昭和二十五年七月に、寺の修行僧であった林養賢が金閣寺に放火して全焼させた実際に起きた事件をモデルにしたものです。とはいえ、単なるドキュメンタリー的な時事小説ではなく、絶対的な「美」の観念としての金閣寺はなぜ焼かれなければならなかったのか、という心理と行動の秘密が象徴的に描かれた作品です。三島の作品にはモデル小説が多く、ある高級料亭の女将と政治家を描いた『宴のあと』や昭和二十四年に高利金融業で失敗し自殺した大学生の光クラブ事件をモデルにした『青の時代』もそうです。

『金閣寺』が書かれた昭和三十一年は日本が物質的に豊かになっていく時代、高度成長期に入っていく時代です。しかし紹介したいのは敗戦を受けての「私」の体験の告白です。主人公の「私」は溝口という青年僧です。

溝口は日本海の小さなお寺の住職の息子で、京都の鹿苑寺《ろくおんじ》金閣に修行に出ている。その後、父親を亡くし、時代は戦争がだんだん深まっていく。溝口は父から「金閣ほど美しいものはない」と聞かされて育つ。溝口には吃音《きつおん》があって、他者との人間関係で内面的に屈折したものを持っている。阻害されていると感じている。絶対的な美の極致であるこの金閣寺と自分というものの距離を常に感じている。それが戦争になれば、やがて自分も空襲で焼かれて死ぬだろう。そして金閣寺もおそらく、空襲で焼かれて消失するだろう。

つまり、自分は疎外された醜い存在であり、金閣寺は歴史の中で美しい絶対的な存在だが、その金閣も私も同じ火によって焼かれる。そのことによって、絶対的な美である金閣と疎外された私はつながるのだという思いを、溝口は持つわけです。ところがそれが敗戦によって絶たれる。ですから戦争が終わったことは、「私」にとって大きな衝撃だった。

誇張なしに言うが、見ている私の足は慄え、額には冷汗が伝わった。いつぞや、金閣を見て田舎へかえってから、その細部と全体とが、音楽のような照応を以てひびき

だしたのに比べると、今、私の聴いているのは、完全な静止、完全な無音であった。そこには流れるもの、うつろうものが何もなかった。金閣は、音楽の怖ろしい休止のように、鳴りひびく沈黙のように、そこに存在し、屹立していたのである。

『金閣と私との関係は絶たれたんだ』と私は考えた。『これで私と金閣とが同じ世界に住んでいるという夢想は崩れた。またもとの、もとよりもっと望みのない事態がはじまる。美がそこにおり、私はこちらにいるという事態。この世のつづくかぎり渝《かわ》らぬ事態……。』

敗戦は私にとっては、こうした絶望の体験に他ならなかった。今も私の前には、八月十五日の焔のような夏の光りが見える。すべての価値が崩壊したと人は言うが、私の内にはその逆に、永遠が目ざめ、蘇り、その権利を主張した。金閣がそこに未来永劫存在するということを語っている永遠。

天から降って来て、われわれの頬に、手に、腹に貼りついて、われわれを埋めてしまう永遠。この呪わしいもの。……そうだ。まわりの山々の蟬の声にも、終戦の日に、私はこの呪詛のような永遠を聴いた。それが私を金いろの壁土に塗りこめてしまっていた。

戦争が終わったことで、自分と金閣の関係が絶たれた。溝口のような人間にとって、日常生活にこそ危機がある。あるいは恐怖がある。したがって彼は、金閣に火をつける。

林養賢という青年僧の心理がこうであったのかわかりませんが、おそらく、三島自身の戦争体験、彼自身の人生観、日常に対する違和感、虚無の感覚がこの作品の中に盛り込まれている。そういう意味では私は『金閣寺』は三島の私小説的要素が多分にあると言えるでしょう。

「完全に極限まで行った人間」

この作品は三島の代表作であり、戦後文学の代表作です。英語圏の欧米を中心に三島の作品が世界で翻訳されていきます。三島の文章は論理的かつ構築的ですから、翻訳されてもよく理解できます。西洋的なシンメトリックな、構造的な美意識を持っている。川端康成とは対照的なものがありますが、両者の作品がノーベル文学賞の候補になる。また三島は劇作家としても優れた多くの戯曲を書いています。『近代能楽集』や「サド侯爵夫人」など今日まで繰り返し上演されて、海外でも大変評価されています。「鹿鳴館」「わが友ヒットラー」や「癩王のテラス」など現代劇も多く書いています。「サド侯爵夫人」はフランスの作家のマルキ・ド・サド――日本でも仏文学者で作家の澁澤龍彦（1928〜1987）によってサドの小説が翻訳されてきましたが、三島はサド侯爵の夫人に目をつけて面白い戯曲を書いています。本来、サドの小説はやはりカトリック、キリスト教の土壌がなければ決して理解できないものですが、三島の没後、日本語から翻訳されたものを作家のアンドレ・ピエール・ド・マンディアルグ（1909〜1991）が手を入れパリで上演し、ものすごい反響があった。この人は日本でも何冊か翻訳されており、三島とも一度会ってもいるようです。

上演したときの彼のインタビュー（「海」一九七七年五月号）があるのですが、三島由紀夫を大変高く評価しています。三島はまさに西洋の世界を知っている作家であり、マンディアルグは自決についても非常な衝撃を受けてこう評しています。

　　私は極限まで行く人間が好きです。三島こそは完全に極限まで行った人間です。

三島はある「絶対」を目指して、極限まで行ったそういう稀有《けう》な文学者だと言っています。二〇一九年も、パリで国際三島由紀夫シンポジウムが開催されたように海外でも今も評価されている。通常作家は亡くなって十年もすれば忘れられます。三島の場合は没後も常に新しい読者を獲得している。

超人的活動をしていた最後の五年

さて、三島由紀夫の代表作の話をしてきましたが、『金閣寺』を書く前ぐらいから、彼は体を鍛えて、ボディビルをやり、剣道をやり、ボクシングや空手も始めていきます。ボクシングジムのマネージャーが「三島を前座で出そうか」と言ったとか、いろいろなエピソードもあります。流行作家の奇行とも取られかねないことをやった。

そして昭和四十年から、ライフワークである『豊饒の海』の連載が始まります。全四巻からなる作品群で、第一巻『春の雪』、第二巻『奔馬』、第三巻『暁の寺』、そして第四巻目が『天人五衰』。四巻目を書きあげた日付が昭和四十五年十一月二十五日です。ですから『天人五衰』は、三島の没後、つまり昭和四十六年二月に刊行された。

このライフワークで、三島は西洋の時間とまったく違った物語を作ろうとしました。西洋の近代小説は時間を追っていく展開です。それに対してどこかで時間がジャンプするような、そういう作品を書きたいということで、三島は「生まれ変わり」、「輪廻転生」を作中に入れます。つまり第一巻の主人公が第二巻で、二巻が三巻で、そして三巻が四巻に生まれ変わっていく。その輪廻転生の思想とともに仏教思想も身近にあって、唯識哲学を作品世界の基軸にしています。

第一巻『春の雪』の話がいつから始まっているかというと、日露戦争のあとです。つまり明治の後半から始まっている。したがって、時間がジャンプする輪廻転生の時間とともに、明治以降の近代の日本の歴史がもう一つの横軸として流れていきます。

最後の『天人五衰』は、なんと三島事件の五年後の世界なのです。昭和五十年、一九七五年が一番終わりの時間とされている。つまり自分の死後の世界まで描いたわけです。

三島の最期の五年間はこの連作に大きな力を注ぎますが、同時に「楯の会」を作り、自衛隊に体験入隊したり、他にも多くの作品を書いた。本書で取り上げる『行動学入門』、『文化防衛論』、『太陽と鉄』が書かれたのもこの期間で、『討論 三島由紀夫vs.東大全共闘』にまとめられた、たった一人で東大全共闘との集団討論に臨んだりもしています。二〇二〇年に公開された映画「三島由紀夫vs東大全共闘 50年目の真実」が若い人の間でも話題になっていますが、これは「楯の会」も含めて、三島の「政治と文学」、行動の哲学が実践されていく過程です。最後の五年間は濃密な、ちょっと超人的とも言える時間だった。アメリカの翻訳者のジョン・ネイスンという人が三島由紀夫のことを評伝で次のようにいっています。

すべてが起ころうとしていたこの五年間に、三島が自己の最重要作品と考えていた四部作を描き続けていた事実は忘れられがちである。（『ある評伝』）

益荒男振りの傑作『奔馬』

今回のテーマに、つまり文武両道に関わることを考えると、第二巻の『奔馬』は重要です。この巻だけを読んでもいいと思います。この小説には神風連《しんぷうれん》という明治の九年に熊本で起こった士族の反乱が描かれています。明治九年に廃刀令が出ます。侍が侍である刀を失った。侍たちは刀を取り上げられることに対して、ものすごい反発をしました。これは「近代化」、すなわち国策として、政府が西洋化政策を進めたわけです。

その前には佐賀の乱があり、翌年の明治十年には西郷隆盛（1827〜2877）が鹿児島で西南の役を起こします。この西南戦争の理由はいろいろ考えられますけれども、明治政府の近代化に対する反発、西郷自身は明治維新を実現した。しかしその後の大久保を始めとした明治政府はあまりにも西洋化して、日本の歴史の文化伝統をないがしろにしてるじゃないかという問題が背景にあったと思います。神風連はまさにその一つの典型的な反乱でした。

『豊饒の海』を構想する中で、神風連を題材にしたのは、この神風連の志士たちに三島が深い共感を覚えているからでしょう。神風連の精神というのは、林桜園《おうえん》（1797〜1870）という人に教えられた、「敬神」です。「世の中はただ何事も打ち捨てて、神を祈るがまことなりけり」と林桜園は言っている。この「神事は本なり、人事は末なり」、つまり神風連の志士たちは、その教えのままに「敬神」を第一にした。神を敬うということは、すなわち皇室です。天皇を敬うことになる。そういう信念からきています。神風連は尊王攘夷《じょうい》の中にありながら、より深い「敬神」の具体的な表れであった。他の反乱と少し違う。徹底的に神の命によることで挙兵に至ったというのが、神風連の行動です。西洋の武器によって富国強兵をなそうとすること自体に対して抵抗した。ですから、彼らは行動を起こすにも機を見計らうのではなく、宇気比《うけい》という神の神託を待ちました。自分たちが行動起こすことは、神の命がなければならない。この宇気比こそ、徹底的な受け身こそ神風連の思想です。

同様に戦い方も彼らは刀や槍でもって政府軍に対峙《たいじ》します。明治政府軍は鉄砲や大砲といった西洋の近代兵器によって迎え撃つ。富国強兵を代表する政府軍は槍や刀や弓で戦おうとする神風連を圧倒するのは理の当然です。それでも神風連の人たちはあくまでも剣によって、侍の魂によって戦うことをやめませんでした。だから敗北は決まっていた。つまり、負ける覚悟で戦う、というところに神風連の生きざまがあるのです。

三島は昭和四十一年の八月に、やはり『奔馬』の舞台となった奈良の大神神社《おおみわ》に、彼の翻訳を多くしたドナルド・キーンとともに三日間参拝して、滝に打たれています。そして八月二十一日から、京都、熊本へと行き、熊本では「日本談義」という雑誌の主幹の荒木精之《せいし》から神風連について話を聞いています。神風連の人たちの墓がある桜山神社にも取材をしてます。『奔馬』の作中に「神風連史話」という章がありますが、これは三島が書いたものです。素晴らしい文章です。まさに血と刃をもって戦う志士たちの戦う姿が活写されている。

剣を奪われては、一党の敬う神を護《まも》る手段はなくなるのである。一党はあくまで神の親兵を以て自ら任じている。神に仕えるには敬虔きわまる神事を以てし、神を護るには雄々しき倭心《やまとごころ》の日本刀を以てする。ここに於て剣が奪われては、新政府によって刻々おとしめられてゆく日本の神々は、力のない、衆愚の信心のよすがになる他はない。

剣も神々と運命を共にしようとしていた。国土は、神州不滅の光芒《こうぼう》を腰間に挟《さしはさ》む益良男《ますらお》の護りに委《ゆだ》ねられるものではなくなっていた。（中略）日本刀はサーベルに取って代られ、日本刀は爾今《じこん》その魂を失って、美術品、装飾品として、弄《もてあそ》ばれるべき運命にあった。

それからもう一か所、神風連の首領の大田黒伴雄《おおたぐろともお》（1835～1876）の祈念の描写です。

斬奸《ざんかん》の刃のきらめきと四散する血の幻に彩《いろど》られた。清く、直く、正しいものは、その血を払った彼方《かなた》に、遠い海の青い一線のように凝結しているのである。

この昭和四十一年に、三島は二・二六事件を題材にした「英霊の聲」を書いています。『奔馬』はこの「英霊の聲」の問題意識と深くつながって、彼自身の行動意識が確信と行動へ変化していく、そういう時期になっています。『奔馬』自体は昭和維新を目指す青年の飯沼勲が主人公で、飯沼の行動は昭和の神風連として、描かれている。『豊饒の海』の中でも雄渾《ゆうこん》な益荒男振りの文体で描かれた作品であり、三島の代表作と言っていいと思います。

三島は、行動哲学すなわち日本人のあるべき姿を、民族の魂の原型をここで描こうとしたのです。

「天国からでも来るか」

三島の最期についてお話しします。

昭和四十五年、三島は最初『豊饒の海』は昭和四十六年の完結を計画してましたが、新左翼運動が退潮し、七〇年の安保改定も自動延長されそうだ、ということで三島は前倒しで行動を決意します。三島が計画を立案し、「楯の会」のメンバーから特に信頼していた森田必勝ら四人を選び、十一月二十五日に蹶起にいたるのですが、その前日からの足跡を追っていきたいと思います。

まず十一月二十四日に、皇居の前のパレスホテルで部屋を取り、そこで森田必勝、小賀正義、小川正洋、古賀浩靖に三島は最後の計画を伝えます。そしてその部屋から午後三時ごろに新潮社に電話をして、「『豊饒の海』の原稿を明日の朝十時半ごろに取りに来てください」と担当編集者に言います。

次に、NHKの伊達宗克《だてむねかつ》という記者と、「サンデー毎日」の徳岡孝夫に電話を入れます。「明日お会いしたい」と。「明朝十時五分に、もう一度お電話しますから居場所を教えてください」。そして、当日の朝、この二人に電話をして、市ヶ谷会館、これは市ヶ谷の駐屯地の隣にあるところで、そこで「楯の会」の集会をする予定でした。「そこに十一時に来てください」とその二人の記者に言います。徳岡孝夫さんがそこに行くと「楯の会」の田中健一を介して三島の手紙と檄文、五人の写真などが入った封書を渡されました。

事件が自衛隊内部で起こってもみ消されることを怖れ、懇意にしていた二人の記者に事後の公表を頼んだわけです。

そして二十四日の夕方、新橋の「末げん」という料亭に行く。三島は鳥鍋が好きだというので、メンバーとビールで固めの盃をした。このことは三島の亡くなったのちに、『新評』という雑誌が出した「三島由紀夫大鑑」で、「若き文豪三島由紀夫伝」という文章で巌谷大四が次のように書いています。

料理は彼の好きな鳥鍋にビールであった。五人ともいつもはスポーティーな、ポロシャツスタイルなのに、この日に限って、背広にネクタイをきちんとつけた姿であった。彼以外の四人は妙にかたくなっていた。彼だけが一人ではしゃいでいた。みんなの気持ちを和らげようと「ホレ、呑めよ」とビールのお酌をした。女中が「あら、私がお注ぎします」と言うと、「いや、今日は僕がつぐからいいよ」と言った。すこし酔いが回ると、彼は、箸を仕込杖の代わりにしてして、「勝新はな、こうやるだ」と言いながら、目をパチパチさせて、座頭市の真似をしたりした。しかし四人の隊員はほとんど笑いもしなかった。翌朝午前九時半、彼の家に四人の隊員が迎えに来た。

これが最後の晩餐《ばんさん》だった。

去年「末げん」で、今の女将さんから、次のような話を聞いた。その女将さんはその日、「三島さんですよね、私がまだ若女将のとき、先代のときでまだ十代のときですね。手伝いに来たんです」という。そしてちょうど、帰り際にその若女将が「またどうぞおいでください」と三島に挨拶《あいさつ》すると、それを聞いた三島が、例の高笑いをして、「そうか、じゃあ天国からでも来るか」と言ったそうです。

三島は嘘《うそ》をつかない。だからそういう覚悟のもとに翌日、自衛隊に向かった。『豊饒の海』の最後の原稿は、行き違いに、自宅に来た編集者の手に渡った。

戦後二十五年の戦死

最後に戦中派世代としての三島について、もう一度語ります。前述のように三島由紀夫は大正十四年の生まれで、昭和と満年齢が一致したということで、ここに三島の死生観、文学観、それから今日われわれに問いかけている人間の生き方、死に方の問題の原点があると思います。

これについては同世代人のことを考えたい。二歳ほど上になるのですが、戦後、『戦艦大和ノ最期』を書き残した吉田満（1923〜1979）です。

吉田満は昭和二十年四月に、戦艦大和の沖縄特攻作戦の少尉として参加しています。三島は申し上げたように、昭和二十年二月に軍医の誤診で即日帰郷になっています。しかし吉田満は学徒で出て沖縄の作戦に参加した。戦艦大和は徳之島のあたりで米軍の航空機の爆撃を受けて、沖縄にたどり着くはるか手前で沈没しているわけです。乗員の約九割が戦死している。その中で吉田満は奇跡的に生還を果たしています。

そして帰還して直ちに、『戦艦大和ノ最期』を書き上げます。文語体で書かれたかなり長い文章なんですが、ほぼ一夜で、書き上げられたと言われています。これは小林秀雄が編集していました「創元」という雑誌一九四六年十二月に創刊号に載るはずだった。ところが、占領下にGHQの総司令部の検閲が行われていました。これについては江藤淳（1932～1999）がくわしく『戦艦大和ノ最期』の検閲の実態も書いています。『閉された言語空間』や『落葉の掃き寄せ――戦後・占領・検閲と文学』という本です。検閲で全文削除。載せられなかった。なぜかと言うと、戦艦大和のことを書いているから、軍国主義である、ということです。

この作品が完全な形で刊行されるのは、一九五二年八月を待たなければなりませんでした。運命的な作品です。この作品を書いた吉田満と、実は三島由紀夫は知り合いだった。占領下でこの『戦艦大和ノ最期』を実は三島は手書きの草稿のまま読んでいます。のちに初版の跋文《ばつぶん》で三島が「一読者として」という題で次のように書いている。

いかなる盲信にもせよ、原始的信仰にもせよ、戦艦大和は、拠つて以て人が死に得るところの一個の古い徳目、一個の偉大な道徳的規範の象徴である。その滅亡は、一つの信仰の死である。この死を前に、戦死者たちは生の平等な条件と完全な規範の秩序の中に置かれ、かれらの青春ははからずも「絶対」に直面する。この美しさは否定しえない。ある世代は別なものの中にこれを求めたが、作者の世代は戦争の中にそれ

を求めただけの相違である。

短い文章ですけれども、本質的です。つまりこの世代は、三島もほぼ同世代ですけれども、この戦艦大和というのは何か一つの「偉大な道徳的規範の象徴」のようなものだった。もはや航空機の時代の中で古くなった戦艦主義、そういうものであったけれども、この滅亡は一つの大きな何か「絶対」であった。そして吉田満もその乗組員として、ここに殉ずる覚悟であった。

三島は戦争にこそ行ってなかったけれども、ほぼ同世代として、この『戦艦大和ノ最期』を読んで心を打たれた。あるいは自らの中にある同世代の死のあり方、自分たちの世代にとっては、ここに「青春ははからずも『絶対』に直面する。この美しさは否定しえない。ある世代は別なものの中にこれを求めたが、作者の世代は戦争の中にそれを求めただけの相違である」と共鳴している。

吉田はその後日本銀行に入り、戦後の生活を取り戻しますが、三島の自決に衝撃を受けた。三島の自決から六年経ってから「三島由紀夫の苦悩」という文章を「ユリイカ」という雑誌の特集に載せています。これは私も当時読んで大変感銘を受けました。

私はやはり同じ世代に属し、一時友人として三島と親しくつきあっていたこともあるが、一個の人間、しかも多才な意志強固な行動力旺盛な文学者に、割腹死を決意させたものの核心が何であったかを、解明出来ると思うことがいかに不遜《ふそん》であるかは、承知しているつもりである。自分なりの結論にせよ、解明出来たと思う時は、永久に来ないであろう。三島はみずからの死の意味について、多くの読者にそれぞれ異る解明の糸口を得たと思わせて世を去ったが、糸口をたどってゆくとどの道にも、近づくことを許さぬ深淵が待ち構えている。彼の死はそのような死なのであり、そうであることをはっきり意図して、彼はあの死を選んだとしか思えない。

吉田満は三島由紀夫の割腹死は、「いかに死ぬか」という難問を通してしか「いかに生きるか」の課題が許されなかった世代の死であると言う。まさに戦中派世代です。多くの同世代が亡くなってしまった。戦争で犠牲になった。そのような世代の一つの死として捉えた。三島由紀夫は偉大な文学者なのでいろいろな面があって、いろいろな糸口を彼が残した。だけど吉田満の考えは、やはり同世代の人間として「あの死」を選んだ。自分にとってやはり戦中派世代の死の選択であった。つまり戦後二十五年での「戦死」です。

『春の雪』と『戦艦大和ノ最期』を結ぶもの

三島は戦争に行かなかった、それが負い目になったところもあったと思いますが、それ以上に、それよりも戦争に散華した仲間と同じ場所に向けての死の選択であり、そのような意思による決断であるということを吉田は書いています。これは三島由紀夫の文学を世代の死として単純化してしまうことではない。『戦艦大和ノ最期』を書き、その乗組員だった人の言葉として、三島の没後六年に吉田満は根源的に日本人に問いかけている。それは戦後七十五年の今こそ、もう一度想起されるべきであると感じます。

『豊饒の海』の第一巻『春の雪』は明治の華族の松枝清顕と聡子という女性の恋愛を描いている。悲恋を描いていますけれども、指摘したように、実は日露戦争の直後から時代が始まっている。

冒頭で描かれた「セピア色のインキで印刷」された日露戦役の写真のその風景は印象深い。

画面の丁度中央に、小さく、白木の墓標と白布をひるがえした祭壇と、その上に置

かれた花々が見える。

そのほかはみんな兵隊、何千という兵隊だ。前景の兵隊はことごとく、軍帽から垂れた白い覆布と、肩から掛けた斜めの革紐《かわひも》を見せて背を向け、きちんとした列を作らずに、乱れて、群がって、うなだれている。わずかに左隅の前景の数人の兵士が、ルネサンス画中の人のように、こちらへ半ば暗い顔を向けている。そして、左奥には、野の果てまで巨大な半円をえがく無数の兵士たち、もちろん一人一人と識別もできぬほどの夥《おびただ》しい人数が、木《こ》の間《ま》に遠く群がってつづいている。

前景の兵士たちも、後景の兵士たちも、ふしぎな沈んだ微光に犯され、脚絆《きゃはん》や長靴《ちょうか》の輪郭をしらじらと光らせ、うつむいた項《うなじ》や肩の線を光らせている。画面いっぱいに、何とも云えない沈痛の気が漲《みなぎ》っているのはそのためである。

すべては中央の、小さな白い祭壇と、花と、墓標へ向かって、波のように押し寄せる心を捧《ささ》げているのだ。野の果てまでひろがるその巨きな集団から、一つの、口につくせぬ思いが、中央へ向かって、その重い鉄のような巨大な環《わ》を徐々にしめつけている。……


『春の雪』のこの「得利寺附近の戦死者の弔祭」という写真の描写は、吉田満の『戦艦大和ノ最期』の「無数の兵士」の戦死を描く言葉と相通ずるものがある。

戦後七十五年を経て、そして三島由紀夫没後五十年のこの年に、その文学と死は、われわれに何を突きつけているのか。それを今、考えてみたいのです。

第二章

若者への遺言『行動学入門』

——精神と行動の関係

若者に向けてかかれた『行動学入門』

本章では三島由紀夫の『行動学入門』を読みたいと思います。『行動学入門』は昭和四十五年十月十五日に刊行されています。三島が十一月二十五日の市ヶ谷での自決をすでに決意していたのは明らかです。死に向かって矢を射るその弓の弦が大きく絞られている姿がこの一冊から見えてくると思います。

本書は三部構成になっていて、まず「行動学入門」、それから「おわりの美学」さほど長くはないが「革命哲学としての陽明学」という三編が入っています。

「行動学入門」は昭和四十四年に雑誌の「Ｐｏｃｋｅｔパンチ Ｏｈ！」に、「をはりの美学」は、昭和四十三年に雑誌の「女性自身」に連載されています。最後に昭和四十四年九月発表された「革命哲学としての陽明学」は、オピニオン誌の「諸君！」に発表されたものですが、最初の二つはいずれも若い一般読者向けに書かれたもので、前者は男性誌に、後者は女性誌に連載されています。今の若い読者はあまりわからないかもしれませんが、当時の三島由紀夫は小説家として大変有名であった。中学生一年生だった私も三島の自決を機に三島の作品を読みだし、そのすごさはあとで知りましたが、当時の三島はただの人気作家にとどまらない、社会的にも非常に注目されていた。いわゆるスーパースターです。野球の巨人軍の長嶋や相撲の大鵬、あるいは俳優の石原裕次郎など、そういう人たちと一種並ぶところのある存在でした。ですから、それ以前の小説家ともだいぶ印象が違う。

ボディビルによって鍛え上げた筋肉が象徴するように、行動する作家のイメージが強くありました。昭和三十八年には、自らの筋肉裸体をモデルにした写真集『薔薇刑』を出しています。これは細江英公という、その後長く活躍する有名な写真家が撮ったものです。それから「憂国」という小説を昭和三十五年に発表するのですが、これは二・二六事件を背景に、青年将校とその美しい新妻の心中を描いている代表的短編で、のちに自ら監督主演を務めて映画化しています。他の映画にも役者として出演している。大映のやくざ映画の「からっ風野郎」とか、石原裕次郎、勝新太郎と共演した「人斬り」という映画にも出ています。

つまり三島由紀夫というのは、小説家を超えた存在であった。それゆえに若い人を対象にした雑誌にも積極的に文章を書いています。この「行動学入門」「おわりの美学」はそういう意味では大変わかりやすく、若い読者に向けての語りの文章なんですが、実はこの『行動学入門』一冊の中には三島由紀夫の非常に大事なメッセージが込められていると思います。

「あとがき」のところで、こんなことを書いています。

この本は、私の著作の中でも、軽く書かれたものに属する。いわゆる重評論ではない。しかしこういう軽い形で自分の考えを語って、人は案外本音に達していることが多いものだ。注意深い読者は、これらの中に、（私の小説よりもより直接に）、私自身の体験や吐息や胸中の悶々の情や告白や予言をきいてくれるであろう。いつか又時を経て、「あいつはあんな形で、こういうことを言いたかったんだな」という、暗喩をさとってくれるかもしれない。

「いつか又時を経て」と書いてありますが、この本が出たのが自決を遂げる一か月前ですから、三島の行動がここにはっきりと予言されている。

世界を席巻した学生運動

彼自身の行動の軌跡をたどっていきますと、昭和四十二年（一九六七年）四十二歳の四月に三島は単身、自衛隊に体験入隊をしています。これは三島由紀夫というペンネームではなくて、平岡公威という本名で体験入隊をしています。当然この体験は、四十五年に向けての三島の行動の具体的な形だと思います。そして四十三年、翌年には「楯《たて》の会」の青年たちと、陸上自衛隊富士学校滝ヶ原駐屯地にやはり体験入隊しています。当時はまだ「楯の会」という正式名称は決まっておらず、三島が構想していたのは、「祖国防衛隊」という名前でした。この学生たち二十名と自衛隊に体験入隊しています。この年の十月に正式に「楯の会」を結成します。

一九六八年は世界的にいわゆる新左翼の学生運動が広がっていった時期です。日本だけではなくてヨーロッパ諸国でも反体制運動の学生運動が広がっていきました。日本は一九六〇年の安保闘争があって、その流れをくんで様々な左翼および新左翼のグループが誕生し、いわゆる全共闘（全学共闘会議）と言われたグループが大学を拠点にして闘争を始めてきます。

三島自身も昭和四十四年五月に東大の全共闘との討論集会をやっている。フランスでも六八年の五月はパリを中心にして労働者や学生の反体制運動が非常に広がって、六八年革命という名称を歴史的に記しています。もちろん革命はフランス革命、ロシア革命があるわけですが、第二次大戦後のこの時期に、若い世代を中心にした反体制運動、カウンターカルチャーとか様々な文化的なものをも巻き込んだ反体制革命運動が出てくる。

次章でお話しする『文化防衛論』という本の巻頭に「反革命宣言」という文章があります。ここでいう反革命というのは共産主義の革命です。つまり日本の天皇と日本の歴史と文化を守るという意味で、共産主義イデオロギーは明らかにそれを破壊するものです。したがって共産主義としての革命思想に猛烈に反対しても、革命そのものに対しては反対ではなかった。つまり既成のものを変革していく、既成の権力や秩序に対して抵抗する運動やパッションⅡ情熱、そういうものに対してはむしろ積極的にシンパシーを持っていた。だからこそ東大全共闘とも討論をしたわけです。

現に『行動学入門』にも「革命哲学としての陽明学」が載っているとおり「革命」という言葉を、三島由紀夫はある意味では重要なキーワードにしています。

では、『行動学入門』を中心に各章をたどる形で読んでいきたいと思います。

行動とは何か

順番に見ていきたいと思います。第一章は「行動とは何か」で最初の一行目で次のように説いています。

行動は一度始まり出すと、その論理が終るまで止むことがない。

これは「行動学入門」の論理を貫く一つの基本的な問題意識です。行動というのはある目的・目標に向かって具体的に動き出す運動のことをいいます。

これはあたかもぜんまいを巻ききったおもちゃが、そのぜんまいがゆるみきるまで無限に同じ運動を繰り返すのに似ていると言えよう。知識人にとっては、行動のこのような論理がこわいのである。何とか行動に手を出さないように気をつけないと、走り出したらやめることができないところへ導かれてしまうからだ。

今回の大きなテーマである「文武両道」、「文」は文学、あるいは思想とか認識といったものです。「武」は侍、武士の武ですから、行動というものに関わってくる要素がある。三島は文武両道の武を、行動の論理として書いている。そして、知識人、小説家・文学者にとって、この行動の論理は非常に怖い、とはっきりここで書いています。

さて行動の特色は時間のかからないことである。私もおりに触れて幾つかの行動を

するけれども、たとえば、東大全共闘に呼ばれて討論集会に行ったときは、集会の所要時間はわずか二時間半。私はそのために何一つ準備もせず、ただタクシー乗ってうちから駒場の東大へ行き、討論会が済むとまたタクシーに乗って帰ってきただけであった。したがって、その所要時間はどんなに多く見積もって四時間を越えてはいない。しかし世間ではその行動が過大に宣伝され、おもしろがられ、人々の興味と関心の的にしばらくの間なっていた。そして、人々は私に東大全共闘との討論集会の話ばかりをするのであった。しかし私にとっては四時間という時間は一月《ひとつき》の中のほんのわずかな時間であって、芝居を見ても四時間はかかり、長い映画を見ても四時間はかかる。それなのに人々はその短い時間の行動にしか興味を示さず、一月のうち二十四時間の三十倍、七百二十時間の私の長い時間の過ごし方についてはほとんど興味を示すことはない。しかし、七百二十時間マイナス四時間の七百十六時間は、その全部がそうであるとは言えないが、その大半は地味な小説をえんえんと書き続けていくデスク・ワークにささげられたものである。それは行動ではないからして、無限に時間がかかり、すでに三冊目にかかるまでに四年間かかった小説は、四冊目が終るまであと何年かかるかわからない。行動は迅速であり、思索的な仕事、芸術的な仕事には非常に長い時間がかかる。しかし生はある意味では長い時間がかかり、死は瞬間に終るのに、人々はどっちを重んじるだろうか。

前述のように全共闘との討論集会は、昭和四十四年五月十三日に東京大学の教養学部九〇〇番教室で行われました。映画も好評でなかなか面白い作品になっています。しかし、三島自身にとっては時間にすればわずか数時間の出来事でしかない。ですから、行動は非常に短い時間の中に結晶することが特徴です。言い換えれば凝縮された時間として、ある空間の中で人間の表現、生きることの、あるいは死の瞬間という形をとって行われる行動がある。

もう一つは、長い時間をかけて、何かをやり遂げる。それが空間の中に残される。三島が時間と空間という対比をはっきりと意識して書いていることがわかります。

実は東大全共闘との討論集会でも、この時間と空間の問題は主要なテーマとなりました。全共闘の学生たちは時間、すなわち、歴史や伝統や長く続いてきたもの、そういうものを否定して、自分たちはいわば過去のものを否定して、現在のこの新しいもの、現前する空間を志向する、目指すんだということをいいます。たとえば大学紛争の中で「解放区」——解放された場所という意味——を大学の構内に作りました。「解放区」といっても、机を積み上げたり、様々なものを置いただけの、第三者から見れば単にちゃちな空間にすぎませんが、しかし彼らにとっては自由を示す思想的な営みでもあった。

解放区は大学の様々な権力も、外の政治的な介入もない、歴史も伝統もない、純粋な空間である。時間はむしろそこで否定される。

対して三島は小説家ですから、小説を書くという作業は延々と書き続けるデスク・ワークだという。ちなみにここでいう三冊目にかかるまで四年かかった小説というのは『豊饒の海』のことです。したがって、自分の仕事である「文」とは、それは長い時間をかけて作られていく創作物であり、言葉は歴史や伝統を孕《はら》む。それに対して行動というのは迅速であり、一瞬にして終わる時がある。この行動には「武」というニュアンスが込められている。ですから「行動学入門」において、三島由紀夫の時間と空間とともに、文と武という対比がはっきり出ている。

そして具体的な行動の一つの象徴的な例として、西郷隆盛の名前が出てきます。


西郷隆盛は城山における切腹によって永遠に人々に記憶され、また特攻隊はそのごく短い時間の特攻攻撃の行動によって人々に記憶された。彼らの人生の時間や、また何百時間に及ぶ訓練の時間は人々の目に触れることがない。行動は一瞬に火花のように炸裂《さくれつ》しながら、長い時間を要約するふしぎな力を持っている。であるから、時間が

かからないということによって行動を軽蔑することはできない。人々は長い一生を費やして一つことに打ち込んだ人を尊敬するけれども、もちろんその尊敬に根拠はあるけれども、一瞬の火花に全人生を燃焼させた人もまた、それよりもさらに的確、簡潔に人生というものの真価を体現して見せたのである。

至純の行動、最も純粋な行動はかくてえんえんたる地味な努力よりも、人間の生きる価値、また人間性の永遠の問題に直接に触れることができる。私はいつも行動と思索、肉体と精神の問題について思いをめぐらしてきたが、これから『行動学入門』という題のもとに、その私が行動について考えたことのさまざまな思考のあとをお目にかけたいと思う。

西郷自身が明治維新を成し遂げて、明治政府を作ったのですが、明治十年に西南戦争を起こします。前章で神風連のことをお話ししましたけれども、当時の日本の政府が西欧化・近代化を急ぐことで西洋の文物ばかりを取り入れて、まさに武士の心を失っていった。没落士族の非常に不満が募っていき、薩摩《さつま》の「私学校」の若い人たちが中心となって政府に対して攻撃をしていく。西郷自身に、政府を転覆するとか革命をやるとかいう心があったかどうかはわかりません。しかし、熊本の鎮台を攻めるときに、「拙者儀、今般政府へ尋問の廉《かど》有《これ》レ之《あり》」と言っている。だから明治政府の西洋化に奔走する政策が正しいのか尋問するという意味で彼は兵を挙げた、と言えるかもしれません。西郷は敗北を覚悟でこの行動を起こした。

そして大東亜戦争での特攻隊も行動によって人々に記憶されている。まさに一瞬の火花のように炸裂して、長い人生を要約する不思議な力を行動というものは持っている。もちろん、長い時間、一生をかけて何事かをやり遂げることは大切だし、尊敬に値するけれども、このように一瞬の火花に全人生を燃焼させる行動もある。日本の歴史を見てみますと、日本人が記憶している歴史上の人物は前者も大勢いますが、どちらかというと一瞬の火花に全人生を燃焼させたような人物や、出来事のほうが日本の歴史の中に輝きを残していきます。また、日本人の記憶に残っていることもそのほうが多いのではないかと思います。

日本人の心性は、そういう行動というものを大事にしよう、あるいはそういう行動をした人物を敬おうという思いが強くあったと思います。人間の生きる価値、限られた時空における人間性の永遠の問題ということを考える。三島は文学者ですけれども、自決も含めて行動と思索、肉体と精神の問題にまさに突き当たっていった。これを「行動学入門」は述べている。

軍事行動にみる部分と全体

第二章は「軍事行動」についてです。当然、ここではまず軍隊の話から始まります。もちろん三島は戦場に行っているわけではありませんが、軍国主義の時代の軍人の姿をよく見ていただろうし、後年は「楯の会」での自衛隊体験入隊において軍事行動的訓練を受けているので、軍事行動という問題から全体と部分、組織と人間というテーマが導かれています。

軍事行動とは何であろうか、それは組織体を以て、一定の戦闘目的に向かって行動することである。しかし、必ずしも組織体に限らず、ゲリラの小部隊が各個の戦闘行動をする場合もあるが、その各個の戦闘要員がより大きな組織の指令を受け、その組織の一員として働いている点では、やはり軍事行動の一つにほかならない。軍事行動ではいつも指揮系統ということが大切であり、その命令を下す司令官と、命令を受ける構成員との縦の連絡がなければ、軍事行動と言うことはできない。軍事行動には民主主義社会の「話し合い」だとか、戦後教育の「元気で楽しく遊びましょう」とか、「あしたまでに宿題をやってきましょう」とか、「何々しましょう」という発想はあり得ないのである。すべては「何々せよ」という命令が発せられ、命令を受けた者は忠実にその任務を実行しなければならない。したがって、軍隊の基本は任務であり、戦術の基本もまた任務である。ここで、行動における「部分と全体との関係」が起ってくる。私は軍事行動という問題から、行動における部分と全体という問題に話を展開したいと思うのである。

ここで述べられているのは狭い意味での軍隊の組織ではなくて、組織というものの構造が、常に部分と全体にわかれることをいっています。戦後の日本は自衛隊という事実上の軍隊はありますが、軍という言葉を一種タブー視してきた。そのことを端的に表しているのが三島の言うように、「何々しましょう」という戦後の民主主義社会の言い方です。むしろ「何々せよ」という命令形は避けられる傾向にあった。

東日本大震災のさいにも、これは小説家の古井由吉（1937〜2020）と、仙台在住で被災した佐伯一麦《かずみ》という作家の往復書簡の中で、古井氏が指摘したことですが、津波が来たときに、「避難せよ」という命令形の言葉がほとんどなかったと言います。確かに日常生活の中でわれわれは命令形の言葉を受けてないし、使っていない。「何々してください」

とか「何々しましょう」という、発想です。われわれの日常生活の中から、「何々せよ」という命令語の日本語がなくなった、と指摘しているのですが、これは重要で面白い指摘です。

ここで、まさに全体と部分というものが出てきます。そう軍事行動というのは軍隊の問題だけではなくて、われわれが普段営んでいる組織や人間関係にも応用されることが多々あるし、命令形一つとっても、戦後の日本の言葉や社会や風習に欠けているのは何かという問題を考えさせてくれます。

先ほど引用したあとに、指揮するものと動くもの、という全体と部分における矛盾した関係の話が出てきます。

ここに一つの矛盾が起きてくる。われわれは、行動しようとすると自分の体を動かす。しかし、その行動を有効にし、目的に向かって進めようとすれば、かつ幾つかの力を集めて、集団的な力を発揮させようとすれば、どうしてもその全体を統制する行動者にならなければならない。しかし、全体を統制する行動者になることは、無限に自分から肉体的行動の余地を少なくしていくことなのである。そこでわれわれは肉体としての全体の次第に失っていき、ついには椅子の上にすわって、目に見えない全体を指揮する大司令官になり、いかなる場合にも第一線に立つことのできない目と頭脳の象徴になってしまうのである。はじめ行動から出発した者も、行動の指導、指揮、命令ということを少しでも自分の責任とし、任務とする場合には、逆に端的な肉体的行動を失う結果になるのである。

行動は部分がにない、全体は非行動的なものとなる。別の言い方でいえば「脳化」することは行動を奪い、肉体を奪うことになる。

俊敏な運動神経、強靭な筋肉、若さ、力、情熱、純粋さ……これらの結集である青年が、行動を追求するためにいつか権力の中に埋もれ、すばしこい働き蟻であったものがいつかは巨大な、グロテスクな女王蟻になっていく。

行動する人間の一つの宿命の構図です。人間は行動して自分の体を動かす。まさに一兵士として動き、戦い、死地へも行く。それは己の肉体を前提にしていくわけですが、組織的に集団的な力を発揮しようとすれば、どうしても全体を統率する別の行動者にならなければならない。実はそれは行動者ではなくて、逆に肉体的な行動の喪失者になってしまう。

組織と人間の中に常に起こってくる、全体と部分に起こってくる矛盾がある。

「英霊の聲」の呪詛

言い換えれば、三島が考えている「文」、文学とか思想とか認識は、やはり細部、ディテールや一つ一つの言葉ももちろん重要なのですが、作品全体を見渡そうとすると、どうしても「文」の原理は、統率する原理に向かっていくことになる。全体というものを考える。部分を全体に統括していくという、これが「文」の原理です。

それに対して、武士の「武」のほうは、いわば全体の統率を受けながらも、部分としての行動を促していく。部分の力を最大限に発揮することが重要になります。やはり軍隊に限らない問題で、会社組織でも全体と部分、組織と人間の中に、いろいろな矛盾をやっぱり起こしている。この章の一番最後のところを引用します。

軍事行動にはこのような組織と人間との矛盾がどこまでもつきまとうが、われわれは軍事行動の中から、その各個の行動の美しさだけを取り上げて、そこにせめて人間の行動の美を発見しようとするのである。そして、疲れ果てた太った権力者は、自分

たちが生きながらえることによって、若く死んでいく英雄をすべての人の神として賛美させるという、非人間的な技術を会得するようになるのである。

ですからどちらの側につくというよりは、そういう行動というものが持つ宿命、組織と人間という矛盾を端的に表しています。

三島は最後のところで、生きながらえた権力者たちが若く死んでいった英雄をすべて「人の神」として賛美させると言っていますが、これに関連するのは三島が昭和四十一年に書いた「英霊の聲」という小説です。

ライフワーク『豊饒の海』の始まった翌年に書かれた「英霊の聲」は、特攻隊について非常に強いシンパシーを持った作品で、二・二六事件の陸軍士官とともに、霊媒の青年の口を通して、敗戦後に「人間宣言」をした天皇に対して「神聖たる天皇の存在を信じ殉じた自分たちへの裏切りである」と非難する。そして、それは戦後の高度成長にうつつを抜かし、あの戦争のことを忘れ、英霊を敬うよりも物質主義と現世利益を謳歌《おうか》している日本人へ向けられた三島の怒りです。ある意味、三島由紀夫という天賦の小説家――この小説自体が英霊の言葉を語る霊媒という構造ですが――三島自身が霊媒になって、戦死者、二・二六事件の青年将校や特攻隊の「英霊の聲」を語らしめた趣があります。そこには、戦後日本への自己否定を含む苛烈《かれつ》な批判があったのではないか。
「英霊の聲」の一節をここで紹介したいと思います。

「今、四海必ずしも波穏やかならねど、
日の本のやまとの国は
鼓腹撃壌の世をば現じ
御仁徳の下、平和は世にみちみち
人ら泰平のゆるき微笑みに顔見交わし
利害は錯綜し、敵味方も相結び、
外国《とつくに》の金銭は人らを走らせ
もはや戦いを欲せざる者は卑劣をも愛し、
邪まなる戦《いくさ》のみ陰にはびこり」

「陋劣なる真実のみ真実と呼ばれ、
車は繁殖し、愚かしき速度は魂を寸断し、
大ビルは建てども大義は崩壊し

その窓々は欲求不満の蛍光灯に輝き渡り、
朝な朝な昇る日はスモッグに曇り
感情は鈍磨し、鋭角は磨滅し、
列しきもの、雄々しき魂は地を払う。
血潮はことごとく汚れて平和に澱み
ほとばしる清き血潮は涸れ果てぬ。
天翔けるものは翼を折られ
不朽の栄光をば白蟻どもは嘲笑う。
かかる日に、
などてすめろぎは人間《ひと》となりたまいし」

この最後の「かかる日に、などてすめろぎは人間となりたまいし」のすめろぎは、もちろん天皇のことです。「英霊の聲」は昭和二十一年の天皇のいわゆる「人間宣言」を批判した三島の特異な小説と言われています。特攻隊の青年たちは祖国のために家族のために散華した。日本のために、そして天皇に何がしかの神聖を覚えて、命を捧《ささ》げた。その天皇が戦争が終わってすぐに、自分は「神」ではなく「人間」であると宣言した。これは大いなる裏切りではないか。三島は、戦後の日本人が高度経済成長の中で物質主義と現世利益の中で競争する現実を一方で描いている。それを嘆き悲しむ英霊、荒れ狂う心霊に自ら内面の声を重ねるようにして書いています。

「英霊の聲」は戦後日本人に突きつけた戦中派の三島の言葉の刃です。この英霊問題は、靖国神社の参拝とか、様々な議論がありますが、戦後七十五年を経て今日のテーマとしてあり続けている。

われわれは若くして死んだ英雄を人の神として賛美することにより、生きながらえている側にあるのではないのか。それでよいのか、というそこにこそ三島の大切なメッセージがあると思います。

行動に心理は重要ではない

第三章の「行動の心理」では、人間の心、心理というのは行動にとって本質的には重要ではない、ということを言っています。

行動自体は、心理の暇もないほどの速さで普通行なわれる。心理は前かあとに存在

するのである。しかし未来を思い、過去思うのは人間の特性であり、動物にはない想像力というやっかいな能力が人間を掣肘《せいちゅう》している。特攻隊も想像力に悩まされることがなかったならば、どんなにか楽だったであろう。人間の想像力は未知の未来に向かうときは、その未知の彼方にわだかまる「死」にまで突っ走ってしまうし、想像力が自分の知らない過去に及ぶときは、場合によっては前世や、人間の深い暗い記憶の奥底へまでたどりつこうとする。したがって、想像力は人間の行動を掣肘し、勇気をそぎ、躊躇《ちゅうちょ》と逡巡《しゅんじゅん》を生むもののごとくであるが、同時に想像力こそ人間に圧力を加えて、行動と冒険へ促す母体とも言えよう。

心理あるいは想像力が、人間の行動にとって阻害となり促進させるその両面を指摘しています。近代において心理学が発達しました。三島由紀夫も文学者として心理学に大変興味を持っていたし、精神分析学をかなり学んだ。フロイト（1856〜1939）やユング（1875〜1961）も読んでいたし、『音楽』という小説では、この心理学を用いて女性の心理を描くエンターテイメントふうな作品に仕上げています。

ただ晩年の「日本文学小史」という——『古事記』を始めとして『万葉集』、『懐風藻』、『古今和歌集』、『新古今和歌集』、そして『源氏物語』と、日本の文学史の中で日本民族の「文化意志」が結晶した文学作品を取り上げた未完の文学史において、心理学は否定されています。この文学史は本当はその後に江戸時代まで書くはずだったのが、彼が自決したことで『源氏物語』の途中ぐらいで実は終わっているのですが、その冒頭で三島は、二十世紀の思考の特色はすべてある普遍的なものを取り出そうとするところにあるという。

その一つが心理学です。人間の心の奥を探っていくわけです。そしてそれがさらに深くなると人類の深層心理、民族の深層心理にたどり着く。

自分はあるときまでこの心理学に関心を持っていた。ただ今はだんだんとそこから遠ざかっている。そこにはいい知れぬある不気味なものがあるような気がする。つまり精神分析学のフロイトは、二十世紀において非常に大きな流行となった心理学の出発点ですけれども、人間というものの心の奥底にたどり着くことで、ある種の普遍的なものを見出そうとした。

実は、これは経済学を通して人類と資本主義社会の矛盾を明らかにしながら、ある普遍的な価値観を探ろうとしたカール・マルクス（1818〜1883）の思想はロシア革命につながります。世界共産主義です。実際にマルクス主義という思想のもとに国家を統合した一つの大きなコミュニティを作る。そして、そのための世界同時革命という戦略論が出てきます。こういう普遍主義への人間の想像力、これはわれわれにとって非常に大きな想像力であるけれども、三島はある時期からそういったものに対して、そういうものの力を十分認めながらも、それが本当に人間にとって重要な思想なのか、と疑問を抱くようになります。今引用した短い文章の中にも、そういう三島の、心理とか心理学に過剰に依拠するようになった人間、われわれの現在・現実というものに対する不信感や不安が表れている。それが逆に人間の行動や純粋な心情といったものを妨げているのではないか。

したがって、われわれの言う行動の**心理**においては、プラスの力とマイナスの力がほとんど同じに引き合っていると言える。そのとき、われわれはプラス・マイナス、イコールゼロという、全くむだなことを考えて生きているのである。心理は本質的に行動にとって重要ではない。しかもわれわれは何ものかの力によってそれを持たされ、それに襲われ、その不安を行動の原動力とするのである。人間の心というものは考えてみれば、肉体に対してすべてむだである。むだであるが、その心が肉体を守り、あるいは肉体を促すのである。こんなわかりきったことが、何かある特別な冒険や、行動しようとする何時間か前に、少なくとも五分間諸君を襲うとき、それを私は行動の心理と名付けたいと思う。

行動というのは心理の反対物と言ってもいいかもしれません。心と肉体、精神と肉体の戦いというように、ダイナミックな矛盾に満ちている葛藤《かっとう》です。これを三島はしっかり見ている。しかしわれわれ近代人はどうしても人間の心理や意識、まさに心理学的分析に傾く傾向があります。

行動か最後の認識か

ここでまた『金閣寺』を取り上げたいと思います。『金閣寺』の主人公の「私」が最後に金閣寺に放火する場面です。いよいよ金閣寺に火をつける、その夜がやってくる。その描写が大変興味深いのです。

私は行為のただ一歩手前にいた。行為を導きだす永い準備を悉《ことごと》く終え、その準備の突端に立って、あとはただ身を躍らせればよかった。一挙手一投足の労をとれば、私はやすやすと行為に達する筈であった。

私はこの二つのあいだに、私の生涯《しょうがい》を呑み込むに足る広い淵《ふち》が口をあけていようとは、夢想もしていなかった。

これは「私」である溝口が金閣寺を焼くときに何処に立つのか。認識と行動、この心理と行動というもののギリギリのところに立った人間の姿を描いています。

『私は行為の一歩手前まで準備したんだ』と私は呟《つぶや》いた。『行為そのものは完全に夢みられ、私がその夢を完全に生きた以上、この上行為する必要があるだろうか。もはやそれは無駄事ではあるまいか。

柏木の言った事はおそらく本当だ。

柏木というのは、溝口に奇妙な哲学的な様々な論争を仕掛けてくる男ですが、この男は、行動とか行為は世界を変えない、むしろ認識が、知識が、人間の意識が世界を変えるのだという、徹底した心理学の立場に立っています。

柏木の言ったことはおそらく本当だ。世界を変えるのは行為ではなくて認識だと彼は言った。そしてぎりぎりまで行為を模倣しようとする認識もあるのだ。私の認識はこの種のものだった。そして行為を本当に無効にするのもこの種の認識なのだ。してみると私の永い周到な準備は、ひとえに、行為をしなくてもよいという最後の認識のためではなかったか。

見るがいい。今や行為は私にとっては一種の剰余物にすぎぬ。それは人生からはみ出し、私の意志からははみ出し、別の冷たい鉄製の機械のように、私の前に在って始動を待っている。その行為と私とは、まるで縁もゆかりもないかのようだ。ここまでが私であって、それから先は私ではないのだ。……何故私は敢《あえ》て私でなくなろうとするのか』

少々ややこしい文章ですが、言っていることは明晰《めいせき》です。先ほどの行動の心理と合わせても、人間というのは行為・行動と認識・心理というものに引き裂かれている。溝口は最終的には「行動」をしない。もちろん金閣寺は焼くのですが、彼にとって行動というもの、行為というものは最後のところでもう無意味になっている。そういうところまで追い詰めていく小説なのです。だから三島由紀夫は、人間の認識というか心理というものを非常に深く、文学において追求した小説家です。明治近代以降の作家でもあまり類例がないぐらいに、自己意識を追求した。しかし「行動学入門」では心理は本質的に行動にとって重要ではない。そういう一つのテーゼを、打ち出しています。

人間はもちろんいろいろな行動をする動物であるわけですけれど、近代の社会はさっき言った心理学に覆われていくし、三島没後の半世紀さらに心理学の発展のみならず、人工知能に代表される脳化社会に取り込まれています。自らの肉体をして何かを切り開くという場面は、スポーツや冒険といった特別な機会をのぞくと、ますます少なくなっている。実際に体を動かすにしても、健康を守るためです。いわば、脳化された空間の中で、肉体をいじっている。コロナ禍で一層「心理」社会に覆われるときに、人間の行動と心理の対立が改めて問われているわけです。

日常的モラルと本質的欲望との衝突

「行動のパターン」というのはどういう意味か。三島は具体的な例を挙げています。三島も好きだった、東映のやくざ映画の話題が出ており、俳優の鶴田浩二（1924〜1987）の名前が出てくる。

余談ですが、鶴田浩二は三島とも親しくて、三島が「決起するときに私は必ずはせ参じます」というようなことを言って「連絡ください」と。当然三島は連絡しなかったんですけれども（笑）。鶴田浩二は二枚目のかっこいい俳優でしたが、東映のやくざ映画では、敵方に追い詰められて愛する子分を殺されたり、自分の組が相手に破滅寸前まで追い込まれて、そういう理不尽な暴力に対して最後は法を犯して戦う。高倉健（1931～2014）の「唐獅子牡丹」もそうですが、つまりこの行動のパターンは、非常に抑圧されたもの、そこにため込んだ力が一気に爆発するというところに行動の鮮やかなパターンがある。

しかしながら、われわれはそれが初めから無意味であるということは容認することができない。われわれは向こう三軒両隣りの社会に暮していて、できることならばその社会でお互いにけんかをしないで、お互いの利害を調整して、楽しく生きていきたいのである。しかし同時にそういうモラルに対する鬱屈はわれわれの心にひそんでいて、特に民主主義政体のもとにおける平和が長く続くときには、人々は戦闘力と行動の欲求不満に悩み、この隠された欲望と日常的なモラルとの衝突、齟齬《そご》に悩んでいる。

日本の戦後社会、現在のわれわれの社会というのは、お互いに利害を調整していこう、楽しく生きていこう、というものが一つのモラルで、生活の最大の基準になっている。あるいは常識になっている。ですから民主主義政体のもとで、長い平和が続くと無意識のうちに人間はその戦闘力と行動の欲求不満に悩む。日常的なモラルと、人間の中にある隠された欲望、これとの衝突、齟齬が出てくると言うのです。

もちろん三島が生きていた時代、すでにそういう状況があったと思いますが、一方では六〇年代は学生運動が吹き荒れましたから、日常的なものに対する、あるいは権力に対する反体制運動があった。ゲバ棒を振ったり、火炎ビンを投げたり、世界的に暴力が噴出していったわけです。しかしその政治の時代が終わって、日常的なモラルの空間に完全に入っていった。日常性それが常識である、そこで楽しく生きていきたい。ちょうど八〇年代に入って、糸井重里などが「おいしい生活。」というキャッチコピーを作った時代です。つまり文化はもう、われわれにとってはおいしい生活にすぎない。そういうおいしい生活という、そもそも食欲ですが、それは文化にも応用されていく。そういう時代がまさに現在に至る日本の、三島の没後、この五十年間の特徴だった。

逆に言うと、日常的なモラルとその隠された人間の本質的欲望との衝突、齟齬というのは実は目に見えない形で、潜在していったのではないかと思います。ですから時折起こる少年の犯罪とか、これは八〇年代、ポストモダンと言われた時代にそういう犯罪が起きます。酒鬼薔薇聖斗事件とか、そういう事件がいくつも出てきます。そういうものの根本にあるのは、ここで三島が言っている日常的なモラルと行動力との衝突の問題が、七〇年代、八〇年以降、今日に至るまで非常に強い形でわれわれを抑圧している。「力の抑制の効いていない人間がそういう行動するときには」一気に、暴力的に爆発する。自分の屈折した欲望を遂げる形で武器を持つということです。

人々はただの気違いの暴力犯の行動として、容認することができない。行動はこのように抑制され、いじめつけられ、自衛のためやむを得ずというときに最も多くの人気をキャッチする。するとそのとき一人の人間の暴力的行動は、何万人、何十万人、何百万人の人々の欲求の代理行為になるのである。それが一つの「正義」というものの具体的なあらわれになる。

暴力にしても破壊行動にしても、本来力の抑圧というものが前提として考えられる。これが効いていないと、まさに正義の欠落になるわけです。つまり暴力が野放しになった形で出てくる。六〇年代の新左翼運動、全共闘運動というのを考えると、三島は七〇年に自決しますが、その翌々年の七二年に新左翼運動がさらに過激化していきます。そして連合赤軍事件というのが起こる。自分たちの仲間をリンチで殺す、という事件です。われわれの日常の中にもこういう問題が出てきている。そのことをずっとたどっていくと、やはりこの「行動学入門」に言われている、人間の行動と隠された欲望としての暴力、自分の行動としての表現というものと、日常的なモラルの衝突や齟齬という問題、ここに本質的な問題が出てきている。

JRのポスターで駅員への酔っ払いからの暴力を防ぐために「あんた、それで人生終わりだよ」というポスターがあって、あれを見るといつも不快なんですが(笑)、ただああいう発作的な暴力への衝動にごく普通の人が襲われる。抑圧された心理がいきなり堕落した汚らしい暴力に転嫁してしまうような、危機の社会形態が今日、表れているという気がします。

テロリズムの純粋性

「行動の効果」の章における、「**真に有効な行動とは、自分の一身を犠牲にして、最も極端な効果をねらったテロリズム以外にはなくなるであろう**」は、三島没後五十年で改めて予言的な言葉になっていると思います。というのも、実際われわれは二十一世紀に入って九・一一を始めとして多くのテロリズムを見ています。イスラムの過激派によるテロなど珍しくもない。まさにフラクタルな、特異な戦争、細胞のような戦争とテロが勃発している。この問題も、「行動学入門」で言っている問題と深く関わっているのです。

ところが私は一〇・二一の「いわゆるゲリラ戦」というものを見ていて、やはりそのゲリラ戦が「いわゆる」という一語を払拭《ふっしょく》していないことを感ぜずにはいられなかった。なぜならそこでねらわれている効果は、初めから決定的な効果はあきらめられており、ある不安な状態をつくること、そしてその不安な状態を世間一般に宣伝すること、簡単に言えばテレビに写ること、新聞に出ること、それらを含めて「効果」と呼んでいるだろうからである。もし新聞にもテレビにでも一切報道されなかった時には、彼らは完全なその無効さに目覚めるであろう。私は一旦したたかにその無効さに目覚めなければゲリラは出発しないと考える者である。もし彼らの散発的な行動がただの「ゲリラごっこ」と頭からばかにされてどこのマスコミにも報道されないとすると、初めて彼らは自分の戦術を考え直さざるを得ない立場に追い込まれるであろう。

その時、真に有効な行動とは、自分の一身を犠牲にして、最も極端な効果をねらったテロリズム以外にはなくなるであろう。ところが死の向う側に我々は自分の個人の効果というものを、あるいは個人の利得というものを考えることはできないのである

から、政治的効果というものは初めから超個人的なところに求められなければならない。超個人的な効果をねらって個人が自己犠牲を払うというところにしか、政治的効果がないとすれば、それ以前のすべての効果は無効にすぎない。

一〇・二一というのは昭和四十四年十月二十一日、これは国際反戦デーです。全共闘、新左翼の学生たちが新宿駅を中心にして市街戦を展開しました。この国際反戦デーで新宿の街、駅を中心に小さな戦場のようなものになったんですけれども、三島はこれを実際に潜り込んで見に行った。

そこで、三島が見たものは、全共闘運動のいわゆるゲリラ戦、市街の戦いは結局彼らは本当の意味の行動していない、宣伝であったということです。先ほど言った七二年の連合赤軍事件などは、逆に言うと自分たちの戦術を考え直さざるをえない立場に追い込まれた一部の過激派が行った方向です。象徴的な事件だと思います。一九七〇年代半ば、一九七四年さらに過激なテロリズムとしては、東アジア反日武装戦線というのが出てきます。「狼」というグループで、丸の内の三菱重工業ビルを爆発したりした。つまり、日本が戦前は軍隊によって東アジアを侵略した、戦後は経済侵略によって東アジアを支配した。そういう日本帝国に対する戦いとして、反日武装戦線というのが出てきた。戦後の左翼の学生運動の歴史も、ここで三島が予言してるような道をたどっていく。それは一つの歴史的事実として押さえておけばいいと思います。

重要なのは、やはり行動というものは、どこかで「**無効性に徹することによってはじめて有効性が生ずるというところに、純粋行動の本質があ**」るということだと思うんですね。何かの成果を求めるということは、究極的に言えば、無意味と化す。行動の本質というのは、有効性を捨てたところに現れる。最後のところで、純粋行動という言葉を三島は使っています。

無効性に徹することによってはじめて有効性が生ずるというところに、純粋行動の本質があり、そこに正義運動の反政治性があり、「政治」との真の断絶があるべきだ、と私は考える。政治とは、最小の有効性をも、たとえば自民党がやっているような漫才やホステスを利用した安保宣伝をも、みのがさずに利用し、テレビやマスコミを動員し、ケチな有効性も崇高な有効性も、ひとしなみに一つの大きな有効性のプールへ集積して、その総合的効果を、政治的効果として評価するものだからである。純粋行動、乃至は正義運動は、あくまでこのような政治と対極の理念に立つべきなのである。

三島が考えているこの行動というのは有効性を超えたものであり、有効性は何かということ政治です。政治を超えたところに、行動の純粋性が現れる。三島由紀夫が二・二六事件あるいは神風連、それから陽明学者の大塩平八郎（1793～1837）の乱にシンパシーを寄せるのも、決して有効性の問題ではなくて、無効性に徹することで初めて有効性が生じるという真理が共通するからです。ここに純粋な行動の秘密がある。

三島の自決は一見政治的な行動に見えます。しかし三島事件は、決して政治的な行動ではなかった。自衛隊に実際にクーデターを起こさせることができるとは考えていなかったでしょう。三島の文と武が重なりあっていくところに出てくる行動であった。

自分が自決したあとに、批評家や政治家があの事件について何を言うかということももちろんわかっていたと思います。そういうことをわかったうえで行動起こしたところに三島事件の本質がある。「行動学入門」で言っている、無効性に徹することで初めて有効性を生ずる純粋行動の本質というものは、歴史的にたどることができます。しかしこの五十年間そういう行動の哲学がほとんどなくなった、という現実も改めて考えるべきだと思います。

待ち続けることの勇気

第六章の「行動と待機」では、待機、待つということの大切な意義を説いていきます。単に準備することだけでない。待機は一点の凝縮に向かって時間を煮詰めていくようなものである、と書いていきます。何か行動するということは、一つは「機」と深くつながっている。この「機」を得るとはそのチャンスを待つということ、一瞬の行動のために一定の時間を、長い時間をかけていく。「機」が熟し行動と意志がそこで現れる、そのことが大切である、と。

そのことを端的に表した例として『平家物語』に出てくる那須与一《なすのよいち》の描写が印象的です。

われわれは、歴史にあらわれた行動家の一つの典型として、那須与一のような人を持っている。あの扇の的を射た一瞬に、那須与一は歴史の波の中からさっと姿をあらわし、キリキリと弓をひきしぼって、扇の的の中心に矢を当てると、たちまちその姿は再び歴史の波間に没して、二度とわれらの目に触れることはない。彼が扇の的を射た一瞬は、長い人生のうちのほんの一瞬であったが、彼の人生はすべてそこに集約さ

れて、そこで消えていったように思われる。もちろん、それには長い訓練の持続があり、忍耐があり、待機があった。それがなければ、那須与一は、われわれを等しなみに押し流す歴史の波の中から、その頭を突き出して、千年後までも人々の目にとまるような存在にはなり得なかったのである。

これは歴史の面白いところだと思うし、時間と空間の問題で言えば、ある一瞬の空間の中に那須与一が現れて弓を引き絞って平家の的を射止める、ここには彼自身の待機、長い訓練の時間も集約されている。そういうところがある。空間の一瞬に現れる、横切ることで、長い時の流れから顔を出す。行動の持つダイナミックな部分です。

人間にとってこの長い待機の時間というのは行動と言葉の乖離《かいり》を意味します。ただ言葉や観念で待機しようとすると人間は必ず失敗する。待つということの中に、行動の契機に入るために待ち続ける勇気を持つことが大事だと言っています。先ほどの『金閣寺』の主人公の金閣を焼く内面的ドラマを見ると興味深いと思います。

三島にとって行動というのは、晩年、あの自決に至る三年、五年だけの間に出てきたものではなくて、すでに三十歳のころに描いた代表作のうちにも、この問題が非常に深く入っていたことがわかります。

われわれは、一つの時代を闇と考えることも、光と考えることも自由であるが、その中で真の勇気とは何であるかを考えるならば、われわれの行動が何であるべきかも、おのずから明らかになるに違いない。

これはすべての時代に当てはまることだと思います。そこに与えられた一つの時代の中でわれわれがどう勇気を持って生きるのか、その勇気は自分の行動がどうあるべきか、という決断に現れてくるというメッセージだと思います。

非合理の力

第七章で興味深いのは、行動における計画とは、もちろん何かを成就するためには、有効性と無効性の問題もありますが、当然ながら計画を立てなければならない。したがって、行動における計画が、ある合理性の極点を常に目指しているのは理の当然です。ただし、三島の行動哲学の非常に面白いところは、ある瞬間の非合理な力が行動には必要になってくる、というところです。

私は実戦経験がないけれども、それを突破するものは合理的なものではなく、おそらく人間の精神力にほかならず、いまのようなアメリカ的な方法で、中隊長が拳銃を一つ腰にさげているだけでは不足であろうと思う。私はその五十メートルを突破するものこそ日本刀にほかならないと考える。日本刀を振りかざす突撃という精神的な意味は、結局合理的計算と計画の行き詰まりを打破するものが非合理的な精神力にほかならないということを教えているように思われる。行動における計画は、合理性の極致を常に詰めた上で、ある非合理な力で突破されなければならないというところに行動の本質があるのではないか。しかも、そこでいつも働くのは偶然・偶発性の神秘な動きである。行動家がたいてい御幣かつぎであり神秘主義者であるのはここからくる。合理的な計算だけで乗り越えられないものを自分が何かで乗り越えたときには、人はそれを偶然のおかげと考え、あるいは神秘な力の手助けのおかげと考える。この偶発性がまた行動にはつきものである。世にも不思議な人知をしのぐような偶然が行動の最後の瞬間にふりかかってくる。

戦争中に日本軍が日本刀を持って突撃するというのは、近代戦においては愚かなことで

郵便はがき

料金受取人払郵便

牛込局承認

9410

差出有効期間
2021年10月
31日まで
切手はいりません

162-8790

東京都新宿区矢来町114番地
神楽坂高橋ビル5F

株式会社ビジネス社

愛読者係 行

ご住所 〒 TEL:　(　　)　FAX:　(　　)		
フリガナ お名前	年齢	性別 男・女
ご職業	メールアドレスまたはFAX メールまたはFAXによる新刊案内をご希望の方は、ご記入下さい。	
お買い上げ日・書店名 年　月　日	市区 町村	書店

ご購読ありがとうございました。今後の出版企画の参考に
致したいと存じますので、ぜひご意見をお聞かせください。

書籍名

お買い求めの動機

1　書店で見て　　2　新聞広告（紙名　　　　　　　　　）

3　書評・新刊紹介（掲載紙名　　　　　　　　　）

4　知人・同僚のすすめ　　5　上司、先生のすすめ　　6　その他

本書の装幀（カバー），デザインなどに関するご感想

1　洒落ていた　　2　めだっていた　　3　タイトルがよい

4　まあまあ　　5　よくない　　6　その他(　　　　　　　　　)

本書の定価についてご意見をお聞かせください

1　高い　　2　安い　　3　手ごろ　　4　その他(　　　　　　　　　)

本書についてご意見をお聞かせください

どんな出版をご希望ですか（著者、テーマなど）

す。アメリカの機関銃や大砲の前に、何の武器もなく日本刀だけで突撃を繰り返す者の愚かさは戦後にさんざん言われてきました。ただ三島が言っているのはそういうアナクロニズムではない。どこかで日本人の行動の本質には合理性、今日の言葉ではアルゴリズム、すべて計算されているもの、合理的なもの、数量化された世界に抗う力、そういうものが必ず内在している。ですから合理的な計算だけでは乗り越えられないものを自分が何かで乗り越えたときに、これは偶然だと、あるいは神秘的だというけれども、必ず行動というものには最後の瞬間にそういうものが現れるのだ、と。

しかしこれは決して神秘主義でもアナクロニズムでもなくて、人間の行動の本質にあるものだと思います。逆に言うと、今われわれの世界を覆っているのは、むしろ統計であり、数量化あり、アルゴリズムの世界です。すべてが数値で測られている。コンピュータや人工知能による合理的計算が計画ということの本質だと思われています。しかし、実はそうではないのではないか。ここに人間の行動の不思議な力がある。合理性の極点を目指して行くのが全部正しいとされている世の風潮にあって、この非合理な力はなんだろうか、ということを再考する必要があるのではないか。計画が持つ合理性を突破するような非合理な力の意味がここにあるのです。

石原慎太郎が驚いた死の直前の三島の素顔

「行動の美」というと、いかにも三島由紀夫的なところがあるんですが、ここでは明確に、行動と美は矛盾することを言っています。

では行動の美というのはどんなものであろうか。行動の美ということ自体矛盾であるのはいま述べたとおりである。そして本来男は自分が客体であることをなかなか容認しないものであるから、男が美しくなるときとは彼自身がその美に全く気がついていないときでなければならない。その行動のさなかで美が一瞬にして消える姿は、あたかも電流が自分のからだを突き抜けて去ったように、彼自身には気づかれないのが普通である。しかし美の不思議は、もしそれを見ていた第三者がいたとすれば、その第三者の目にはありありと忘れ難い映像を残すということである。行動や戦闘行為の美はギリシャの叙事詩から日本の軍記物の世界までくまなく詳細に描写されている。そこでは実際には見るもおそろしい戦争のただ中における行動の一瞬一瞬の美の閃光がとらえられ、かつ永遠化されている。

この一瞬一瞬の美の閃光《せんこう》、どんなに残酷な戦争、戦場の中でも、そういうものが一瞬ある。ここが行動の美学ということだと思います。そして二度と繰り返されないところにしか行動の美がないとなれば、それは花火と同じである。日常というものと対立するところに行動の美があるというのが三島の考え方だと思います。

実はこれを読んで面白いと思ったのは、三島が亡くなってかなり経ってから、石原慎太郎が書いた『三島由紀夫の日蝕』（新潮社、一九九一年）にある一節が思い浮かんだからです。石原慎太郎は三島由紀夫とは親しくしており、生前からお互いに自由に批判もしあっていました。石原は三島由紀夫の肉体、ボディビルで鍛えた肉体などは人工的な肉体だと言って、三島は肉体を求めて観念の罠《わな》に陥ったのではないか、と批判しています。石原自身が三島由紀夫のボクシングや居合の様々な現場に立ち会ったということもあり、三島の肉体に関してはアイロニカルなことを書いている。俺のほうが肉体派だよ、と石原慎太郎のメッセージが伝わってくるような本です。

ただこの本が面白いのは、次のことです。三島が東部方面総監室で自決するときに、総監を人質にしていたわけですが、実はそのとき、自衛隊の写真班がその出来事を記録するために部屋の高い欄間越しにカメラで撮影していた。その中で三島の姿が撮られています。

これは公開されていないんですけれども、石原慎太郎がある警察の高官の親しい友人の家で、その写真をたまたま見せてもらった。そのとき、その三島の写真を見て、石原慎太郎は非常に驚いています。

写し出された三島氏は初めて気負わず、何の無理をも感じさせず、騒がしくも見えない。そして雄々しくもあり、氏が願っていたように初めて美しくもある。

言葉には聞くが、私は本当に平明な人間の表情というものを初めて目にした思いだった。それはデスマスク寸前の、全てを忘却し放擲して本卦帰りした、最後の生の瞬間における人間の顔である。（中略）

私はそれらの写真を、かつて警察の高官だったある親しい友人の家で目にすることが出来たが、その写真の顔のなんの混じり気もない静澄な美しさに心を打たれた。一人の人間のまぎれもない死というものが、こんなに呵責なく当人の虚飾を削ぎ落としてしまうものかと思った。そして、三島氏自身がそれを知り得ぬということの皮肉な条理にも息をのまされる思いだった。

これは三島自身が「行動の美」で書いていることにまさに一致します。三島はナルシズムが強い作家だったし、実際『薔薇刑』など写真集も出したりした。最後の行動のときにその自分が一つの客体になっている。自意識とか、自分の思いとか、自分の思想とかが全部はぎとられていく。そういうところに行動の一瞬ですね、永遠化された美、生死の瞬間というものがある。人間の行動の逆説的な真理ではないかと思います。

二度と繰り返されぬところにしか行動の美がないならば、それは花火と同じである。しかしこのはかない人生に、そもそも花火以上に永遠の瞬間を、誰が持つことができようか。

こういうところに人生とか行動のあり方を、改めて問うものがあります。人生の一回性について述べた箇所で歌舞伎を引き合いにしています。先代幸四郎の一世一代の「勧進帳」も繰り返し上演される。月に二十五回は繰り返される。

『葉隠』の著者が芸能を蔑んだのは多分このためであり、武士があらゆる芸能を蔑みながら、能楽だけをみとめたのは、能楽が一回の公演を原則として、そこへこめられ

る精力が、それだけ実際の行動に近い一回性に基づいている、というところにあろう。

一回性というものを持つ重要さです。行動の美がそういうものとつながってくる。もちろん能だって一つの形式化された行動の美です。われわれの社会は次第にその形を失っていく。フォルムを失っていく。日本人の美意識や文化の形がこの行動の美と結びついている。日本人の持っている歴史的な感覚の本質があるということをここでは改めて思います。

集団を動かす個人の意志

第二章の「軍事行動」のところで全体と部分、組織と人間という問題が出てきましたが、「行動と集団」の章ではさらに具体的にこの問題を言及しています。

その点でわれわれは集団行動と一口に言うけれども、そこに微妙なニュアンスの差があって、最後の最後には、中心の個人の決意にすべてがかかっているということをみるのである。一種の非合理的な熱狂と陶酔の渦で大ぜいの人間を巻き込みながら、一つの目的へ向かって突き進めるには、その中核体が熔鉱炉の炎のように燃え盛っていなければならないのである。革命的指導者とはそのようなものであり、右からの革命でも、北一輝はそのようなカリスマ的性格の持ち主であった。いわばカリスマ的性格とは、核融合を起させる一番最初の核のようなものであって、彼が原動力であり、彼が炎の中心であるからこそ、火は燎原《りょうげん》の炎のように周囲に広まっていくのである。そこでわれわれは集団行動ということばにまぎらわされずに、一人の人間の意志が歴史を突き動かし、結局、大きな歴史も一つの人間意志から生まれたというところに注目しなければならない。カストロも、また、ゲバラも毛沢東も一個人であった。どんな変革も、個人の心の中に初めてともった火から広がっていくものだということを知らねばならない。

読んでみると当然のようにも思うけれども、今の社会、われわれを取り巻いている世界から見ると、個人の力をこれほど信頼することができなくなっている。一言で言えば「大衆社会」状況です。つまり今、世の中を動かし、社会を動かしているというのは、集団というよりは、「大衆」である。あるいは最近の政治の言葉では「民意」です。民意が政治を動かしている。あるいは「世論」と言ってよいでしょう。ただ、本当にそうなのか、大衆が社会を動かし民意や世論が政治を動かしている、というのは何か途方もない虚構ではないか。そういう反省をさせる章です。

この社会というのは、やはり一人の人間が持っている力が、周りのものに火をつけていく。三島は北一輝（1883〜1937）やカストロ（1926〜2016）、ゲバラ（1928〜1967）、毛沢東（1893〜1976）という歴史上の人物の名を挙げてますが、歴史的人物に限らず、何かしら集団が一つの目標に向かって突き進むときには、必ずその中核になる個の人間がいる。一人の人間の意志が歴史を動かす。これは今の状況に対しての三島の反逆でもあり、それを当たり前だと思っているこの大衆社会状況に対する強烈な否、NOを突きつけてもいます。

三島自身があの事件を起こしたのは、もちろん三島がいたからでもあるけれども、同時に三島の周囲にも一人ひとりの若い青年たちの強い意志があった。小さな事件であったけれども、それが大きな歴史に関わる人間意志として発露されている。ここにこそ行動哲学の大事さがあるのです。

法律を乗り越えるヒューマニズムの欺瞞

「行動と法律」という章ですが、ここでは冒頭に日航機「よど号」のハイジャック事件が出てきます。三島が自決した同じ年、一九七〇年三月に赤軍派が日航機の「よど号」をハイジャックします。日本で初めて起きたハイジャック事件で、この赤軍、新左翼過激派によるハイジャック事件は大きな注目を浴びました。このとき、赤軍派の男は「北朝鮮に亡命する」と言います。今ではちょっと考えられないのですが、当時北朝鮮はいわば共産主義、社会主義の楽土、楽園であると見られていた。「われわれはハイジャックして北朝鮮に亡命して、共産主義の理念をそこでさらに盛り上がらせて、世界革命を目指そう」。そのために、民間機「よど号」をハイジャックします。

今度の日航機「よど号」ハイジャック事件で、最も驚くべきことだと思われたのは、犯人によって法律が乗り越えられる状態を大衆がやすやすと認めたことであった。みるみる事実が法律を乗り越えると、その乗り越えられた事実が正当であるか、正当でないかを問題にするよりも、いかにしてその事実から抜け出すかということだけが万人の関心になった。そしてその抜け出す理由としては、ひたすら人命の尊重、ヒューマニズムの理念だけがすべてに優先して考えられた。世論は一刻も早く「よど号」が乗客もろとも北鮮へ行くことを願い、機長も乗客自身も乗客の家族も、いな日本政府みずからがそれを望んだのである。これは一種の国家をあげての一億総虚脱状態であ

った。メンツもなく、権威もなく、人命にまさるどんな価値もそこでは失われて、ただ山村政務次官の自己犠牲の行為だけに初めてふつうの意味の安っぽいヒューマニズムを乗り越える何物かが認められただけであった。

これが三島事件の直前に起きたということは何か歴史的にも象徴的です。三島が言っているように、ひたすら人命の尊重、ヒューマニズムの理念だけがすべてに優先してそれがやすやすと法を乗り越えた、と。これは戦後二十五年目の戦後の日本と日本人を象徴する事件であったということが言えると思います。

ところで、ハイジャックされたよど号は最初、韓国に行きます。韓国を北朝鮮だと偽装することでハイジャック犯を逮捕しようと目論んだ。こういう芝居も含めて、平壌の飛行場への偽装という「泥臭い芝居」をして、いたずらに時間の経過を許した。三島は「**ヒューマニズムという一点をめぐる猿芝居であり、日本政府もほんとうは乗客の一人一人の生命、身体の安全を考えるよりは、もしそれらの生命や身体の安全を脅かされた場合の世論の激昂をおそれて行動したことは明らかである**」とし、まさに「**戦後二十五年間のヒューマニズム万能主義がここで見事なしっぺ返しをくわされた**」と言っています。

この箇所は戦後日本のあり方への三島の違和感が強く現れています。三島事件はこのよど号事件のまさに逆の形をとったものだと思います。「戦後二十五年間のヒューマニズム万能主義」はそれから五十年経ってますます猖獗《しょうけつ》を極めている。このヒューマニズムが、生命尊重主義が、人命の尊重というヒューマニズムの理念がひたすら謳われているのです。

時間的「間合」とは何か

「行動と間合」という章です。冒頭「敵と味方との間には必ず距離がある」から始まります。三島は剣道をやっていたので、特に武道における間合、剣道、空手に限りませんが、自分と相手の間の間合ということは非常に重要です。この間合というのは日本の武道、武芸だけではなくて、日本人の文化や芸能、文学にも及ぶ重要な一つの概念だと思います。文章でも行間を読む、という言葉があります。行と行の間には何も書かれていない。しかし、沈黙の言語がある。西洋人はそういうことは考えない。もちろん西洋でも詩における余韻とか、書かれていないものを読むということはある。しかし日本の場合は行間を読むというのは大切にする。時間的な間合、それから空間的な間合ということを三島はここで言っています。重要なのは行動という問題を考えると、この間合を取るとき、決して守りの姿勢では相手に勝つことはできない、ということです。

空間的な間合ばかりでなく、時間的な間合というのもある。時間的には、もし自分の間合を永久に保っていれば、決して攻撃されないわけであるが、理屈ではそうであっても、完全な防御態勢で闘うことはできないというのは闘いの原則である。いままで専守防衛で勝ちをしめた例は一つもない。守るだけの態勢にいる者は、必ず破られるというのが法則である。

まさに戦後日本の防衛の問題でもある。憲法九条、日本は専守防衛というのが国家としての防衛のいわば「いろは」であったわけです。ただ、そういう専守防衛で勝ちをしめた例はない。少なくとも具体的な行動、具体的な攻撃ということがあれば、そういうことはありえないと言っています。

最近の防衛の話題としては、敵基地攻撃能力があります。これは六月に河野防衛大臣が山口県と秋田県にイージス・アショア、陸上配備の迎撃ミサイルの計画を中止したことから起きた議論です。弾道ミサイルを二〇一六年から一七年にかけて四十発以上日本近海に発射した北朝鮮と、世界最多の弾道ミサイル実験を行っている中国を念頭に、日本の防衛として地上型イージスを配備しようとしましたが、ブースターを海に落下させることは非常に難しく、コストもかかるということから撤回しました。そこから突如として出てきたのが敵基地攻撃能力です。ようするに敵基地からミサイルが発射される前に撃ち落とせばいいという議論で、国防を実践するうえでは重要なことですが、より本質的に大事なのは、やはり三島が自決のときに命をかけて訴えた憲法改正という問題です。これを抜きにして、専守防衛の大きな転換を果たしていくのは非常に問題がある。

つまり、占領下で作られた憲法、特に第九条第二項、これを現状のままにしておいて集団的自衛権の一部行使、それから敵基地攻撃能力等々を議論していくことの問題性です。それは憲法に反するというよりも、九条を改正しなくても、いくらでも解釈改憲をやっていける。三島由紀夫が憲法改正、九条の改正を自衛隊に訴えたのは、もちろん自衛隊に訴えたんですが、日本国民全体に訴えていることです。それは政治問題として訴えているのではない。九条というのは実定法として書かれている言葉として、自衛隊という存在と明らかに矛盾している。つまりあの憲法を持ちながら自衛隊が存在していること自体の自己欺瞞《ぎまん》、自分に嘘をついているということが問題だと訴えた。ですから歴代の自民党政権がやってきた解釈改憲、三島が十一月二十五日に自民党はもはや火中の栗を拾わない、つまり憲法改正しないでもいくらでも解釈改憲でやっていけるのだと言ってますが、そういう状態が三島の死後五十年続いてきているということなんです。

ナチスドイツの時代にワイマール憲法というのがありました。これは第一次大戦後にできた民主的な憲法です。実はナチス政権というのはワイマール憲法を改正せずにヒトラー（１８８９〜１９４５）が登場してきて、次々に法律を作るわけです。つまりいっさいの憲法改正をしないであのナチス政権が出てくる。麻生さんが一回ナチスのやり方があるね、と言ったことがありましたが、どこまでご存じかはわからないけど、当時はオットー・ケルロイター（１８８３〜１９７２）というミュンヘン大学の法学部の教授がいて、この人がナチスドイツ憲法論というのを書いています。ワイマール憲法はそのままにしてもいくらでも法律を多く作れば良い、と。今日でいう特別措置法を作っていって、ワイマール憲法を死文化させていく。ただこのやり方は非常に危険であるし、民族が法や言葉に対して責任を持てなくなる。退廃した、最も危険な全体主義を招く。そういう意味ではもう一度われわれは憲法改正を議論すべきだと思います。

解釈改憲というのは、たとえば一九七八年の真田秀夫内閣法制局長官が「自衛権のための最小限を超えない実力を保持することは憲法九条二項において禁止されてはおらない」と言っている。そういうことがすでに言われている。極端なことを言えば、必要最小限を超えない実力というのは、核武装もできる余地があるということです。だから憲法九条を残したまま核武装すらできるという解釈改憲になっていけば、やはり日本人は、自らの歴史に対して自己欺瞞的な、嘘をついていくことになるだろう。そういう意味で、もう一度ここはしっかりと議論をしなければならないと思います。

専守防衛で勝ちをしめた例は一つもない。

これは今日の日本の防衛状態を端的に予言しているものだと思います。

人間の行動は精密機械化すると予言

「行動の終結」について三島がいくつかの例を挙げています。一つは、スポーツです。一九六四年に戦後の東京オリンピックがありました。三島自身が体を鍛えて、剣道やいろいろなスポーツをやってきたことはすでに述べました。スポーツに対して関心もあったし、その東京オリンピックの観戦記などは優れたスポーツ観戦記になっています。スポーツジャーナリズムの草分けと言ってもいいかもしれません。

その三島が「**スポーツもまたアポロの月探検のような軍事的行動もだんだん似かよってきて**」と書いています。アメリカのアポロ宇宙船が月に行ったのは一九六八年で、このとき月面に人類が初めて降り立った。

……人間性の原質的な恐怖やなぞから離れた精密機械の部分だけを人間の運動能力が請け負うという形になると思われる。人々は冒険を求めながら、このような合法的活動に向かって全精力を尽くすか、あるいはまた引き下がって、犯罪の暗い、おそろしい人間性の深淵と、その神話的特質に直面するか、二つに一つしか道を求めようがないであろう。それ以外のものは、真の意味での行動と言うことができないかもしれない。

これも予言的なところです。つまり、スポーツも次第にこの精密機械のような、そういうものになっていくであろう。これは前回の東京オリンピックと、今度行われる東京オリンピックを比べるまでもなく、スポーツも大きく変わっていったし、冒険にしても、そういう精密機械の部分が大きくなる。そういう中で、もう一度行動というのは何かということを考えなければいけないだろう。科学や精密機械のようになっていく人間、そういうものに動かされている行動能力、運動能力ですね。これは止めようもないけれども、本来人間の行動、人間の肉体が持つべき本質は何か、というところが、三島がこの本を通してわれわれに訴えているところだと思うのです。

行動はともするとヒューマニズムを乗り越えるものであり、生命の危険をおかすものであり、したがって、近代ヒューマニズムがつくり上げた全体系と衝突するものである。その行動というものの中にひそむおそろしさに気がついていないとき、われわれは安心してスポーツに励み、安心して「あの人は行動的だ」などとほめていられるのである。

この最後の文章は、象徴的だと思います。つまり行動は本来ヒューマニズムと衝突するものである、ということです。この「行動学入門」には一貫してこういうテーマがあります。ヒューマニズム、人間中心主義、特に日本の戦後は、近代ヒューマニズムを謳歌してきました。文化も政治も社会も、そういう中で育まれてきたけれども、三島由紀夫が突きつけているのは、行動というものの強さ、それは恐ろしさでもある、と言っています。恐ろしさや、強さや、そういうものを浄化してしまって、見栄えの良いもの、安心なもの、安全なもの、健康なもの、そういう価値だけを見ることの欺瞞を批判しているのです。

「おわりの美学」がなぜ必要か

「おわりの美学」は先に述べたように女性雑誌に連載したもので、「見合いのおわり」とか「仕事のおわり」とか、具体的な例をいろいろ取り上げていますが、大事なのは最後の「世界のおわり」です。世界が終わる、ということから見える真理です。

当時は冷戦時代で、米ソの核戦争、米中の核戦争が取りざたされていました。今は米国と中国の新冷戦というどうなるか見えない危機があります。それから「世界のおわり」というのは、まさに眼前にある感染症の問題のほかにも、異常な気候変動の問題とか、様々な要素で世界はある種の終末的な様相を帯びている。

人間の歴史をたどると、「世界のおわり」というのは仏教では末世思想です。キリスト教でも終末論と言われています。三島由紀夫も『美しい星』という小説の中で、核による世界の終末というものを言っています。終末論は本来、「おわり」が来て世界が全部破滅してしまうことよりも、むしろ「おわり」というものを考えることで、歴史を再考する。キリスト教や仏教もそうだと思いますが、それが宗教の持っている終末論の本質です。「エンド」は「おわり」と同時に目標という意味でもあります。つまり人類の歴史、人間のこの歴史はある目標に向かって進んでいる。そしてその目標は「おわり」である。つまり「おわり」の日が来るということを考えたときに、人類の歴史の意味が確立する。個人にとっては自分の人生の「おわり」、すなわち死です。死を考える。死は「おわり」であり目的であるとする。そこから考えて現に生きてる自分の意味は何か、価値は何かを問う。「おわり」の地点から逆に遡行《そこう》して、自分が今現在立っている位置を測ることができる。終末思想というのはそういう意味を持っています。

三島由紀夫は宗教者ではありませんが、文学者としてこの終末という問題に常に関心を持っていました。戦中派ですから、おびただしい死者の中に生きていたし、同世代の多くの仲間が戦争で死んでいます。戦争が終わり戦前と戦後という一生にして二生を生きるような、一つの断絶、一つの「おわり」を人生の中で体験している世代です。ですから何とかの「おわり」というのは、そういう三島由紀夫の思想が込められている。本質的な問いをはらんでいるのです。

戦争中、自分だけが死ぬのは、そんなに不公平なことではありませんでした。なぜなら、だれも彼も、明日の命は保証されていず、死のトランプは公平に配られ、だれが死の札を引きあてるかは、偶然の運、不運にすぎませんでした。みんなが等分に死

の可能性を持っているところでは、死の恐怖は薄れ、死の恐怖の何割かを占めている孤独の恐怖は減っていました。「オイ、ひとあし、お先に行くぜ」——それだけ言いのこせば十分でした。

今では「ひとあしお先に行くぜ」などとイキがっても、あとの人は、何年何十年先に来てくれるか、見当もつかないのです。平和な時代の死は、戦時中の死よりも、ずっと恐ろしい姿をしています。それは日常性のまっただなかに姿をあらわす死で、平和な時代の日常性からは、ふつう、あらゆる死の影が、注意深く拭《ぬぐ》い去られているからです。

わかりやすく書いていますが非常に本質的な問いだと思います。三島の強いメッセージが込められています。戦争中の死はある種平等であった。もちろんそれは恐怖であり、不運であり、悲劇であるけれども、逆に言うと平和な時代というのはもっと恐ろしい。なぜなら、平和の時代の日常は「あらゆる死の影を注意深く拭い去っている」。図らずも今回、このコロナウイルスの感染でこういう日常性から非日常性へと転落しました。あるいは日常性の中に死の影を帯びた非日常性を実感している。だからこそ三島のこのメッセージはわれわれの身近に響いてくるのです。

日本人は何か終わる、という感覚を無常という言葉で表現してきました。小林秀雄が「無常といふ事」というエッセイを戦争中に書いています。長い戦乱もあり、疫病や飢饉《ききん》もあった、中世のわれわれの先祖はそういう苦難の中で多くの死を体験しながら、おびただしい死者を通して、なお生き残っていくよすがを求めた。そこに出てくるのが無常観。無常というのは「常なるものを失う」ということです。逆に無常だからこそ常になるものは何か、ということも考える。ところが現代のわれわれは無常などついぞ考えもしない。何かは決して終わることはない、続くんだ、ということで、エンドレスです。たとえば経済成長。いろいろ歪みがあっても経済成長が続くんだ、平和は続くんだ、日常が続くんだ、家庭は続くんだ、楽しい娯楽は続くんだ、という。この続くという幻想が日常と化してしまった。「続く」にいちどピリオドを打ってみる。そこで初めて見えてくるものがある、歴史の意味です。個人で言えば死に直面して生が見えてくる。このコロナ禍は小さなピリオドですけれども、そういう危機がわれわれに問うことがあるということです。

三島由紀夫のこの『行動学入門』で言っている問題意識を五十年経てわれわれはようやく実感している。

本当に恐ろしいのは「心の死」

最後に「革命哲学としての陽明学」について触れたいと思います。ここでは大塩平八郎のことが中心に描かれています。大塩は江戸期に大阪の役人でした。大飢饉が起こり、しかし、大阪の商人が米をため込んでいる、そういった現実に対して、幕府の役人でありながら反乱を起こしたのが、大塩平八郎の乱です。大塩の「洗心洞劄記《さっき》」には次のような非常に大事な言葉があります。

「身の死するを恨まず、心の死するを恨む」

自分の肉体が死するのは構わない、しかし心が死んでしまうことを悔やむ、ということです。

われわれは平八郎の学説を検討していくとこの辺りからだんだん現代との共通点へ入っていく。われわれは心の死にやすい時代に生きている。しかも平均年齢は年々延

びていき、ともすると日本には、平八郎とは反対に、「心の死するを恐れず、ただただ身の死するを恐れる」という人が無数にふえていくことが想像される。肉体の延命は精神の延命と同一に論じられないのである。われわれの戦後民主主義が立脚している人命尊重のヒューマニズムは、ひたすら肉体の安全無事を主張して、魂や精神の生死を問わないのである。

そのとおりではないでしょうか。日本ではだんだん「『心の死するを恐れず、ただただ身の死するを恐れる』という人が無数にふえていくことが想像される」と。あれから五十年経ってまさにそうなっています。平均年齢は年々伸びて、人生百年時代といわれる超高齢社会になっています。「人間五十年」と言った織田信長の倍です。

元気で長生きすることは結構なことではあるし、人間が生きる意味をその中で見出しうるのであれば良いし、社会にとってもいいのかもしれない。ただ、恐ろしいのは、延命治療や生活の改善により肉体の延命だけが保証され、精神の延命は決して同一には論じられないことです。むしろ大きな心の問題となっているのが、今の日本人の偽らざる醜悪な姿でしょう。

これは三島由紀夫の文武両道の哲学のテーマになってきます。魂や精神の生死を問わないでいることはいいのか、という問題になってくる。

最後に、三島由紀夫が昭和四十五年の十一月十二日から十七日までと自決直前に東京池袋の東武百貨店で開催された「三島由紀夫展」に触れたいと思います。

これは六年がかりの長編『豊饒の海』が終わりに近づいたときであり、何よりも三島自身が自決を想定していました。その自分の四十五年を振り返り、四つの流れを「河」として区分しています。「書物の河」「舞台の河」「肉体の河」「行動の河」が「豊饒の海」へ流れ込む、という構成をしています。三島自らがこの展覧会を構成して、市ヶ谷の事件で三島がふるった関ノ孫六という太刀もこのとき展示されていました。関ノ孫六は三島が渋谷の「大盛堂」という本屋の主人から譲り受けた名刀、古刀です。譲り受けたときは白鞘《しらさや》だったのを展覧会のときには軍刀造に変えています。この刀を使ってわずか数日後に市ヶ谷に行くということです。この四つの河の最後の河が本章で議論してきた「行動の河」にあたります。まさに『行動学入門』というこの一冊の本は、この三島由紀夫展の最後の「行動の河」、これを導いていったものだと思います。三島由紀夫展のカタログには「行動の河」について次のような説明文がついていました。


肉体の河は、行動の河を自然にひらいた。女の肉体ならそんなことはあるまい。男

の肉体は、その本然の性質と機能によって、人を否応なしに、行動の河へ連れてゆく。もっとも怖ろしい密林の河。鰐《わに》がおり、ピラニアがおり、敵の部落からは毒矢が飛んで来る。この河と書物の河とは正面衝突をする。いくら「文武両道」などと言ってみても、本当の文武両道が成り立つのは、死の瞬間にしかないだろう。しかし、この行動の河には、書物の河の知らぬ涙があり血があり汗がある。言葉を介しない魂の触れ合いがある。それだけにもっとも危険な河はこの河であり、人々が寄って来ないのも尤《もっと》もだ。この河は農耕のための灌漑のやさしさも持たない。富も平和ももたらさない。安息も与えない。……ただ、男である以上は、どうしてもこの河の誘惑に勝つことはできないのである。

第三章

天皇とは何か、『文化防衛論』

——日本文化の根源

グローバリズムは後退しない

ここでは『文化防衛論』を軸に読んでいきます。

今回のパンデミック状況は、われわれの文明社会に大きな問いをいくつも投げかけていますが、当面突きつけられる問題が治療薬やワクチンの開発でしょう。自国を優先して各国との協力を拒むのか、それともグローバルに結集していくのか。そういう意味ではグローバリズムは依然として不可避であり、あとへ戻れない。つまり、一国主義で孤立した自国中心では限界があり、行き詰まる。トランプ大統領は移民を阻止するためにメキシコに壁を作ると言ってきたが、比喩《ひゆ》的に言えばどんなに高い壁を作っても、グローバリズムという潮流を押し戻すことはできない、ということです。

その意味では、「ウィズコロナ」「アフターコロナ」もグローバリズムは加速するであろう。しかしここで重大な問いを、われわれは内側に向けてもう一度発する必要がある。それは「ここ三十年の日本と日本人にとって、グローバル経済の発展がどのような事態をもたらしたのか」ということです。

まず、グローバリズムによる「自由貿易の罠《わな》」というのがある。平成の三十年を振り返り日本経済の現実を見ると、長いデフレの不況下にありました。八〇年代後半のバブル経済の崩壊があり、日本の経済力というものがさらにデフレ不況の中で著しく低下しました。これは自由貿易そのものが持っている問題性、グローバリズムの負の部分だと思います。自由貿易が経済成長を阻害して不平等を拡大する、なぜそうなのか。フランスの人口学者のエマニュエル・トッド（１９５１～）が言っていますが、その理由は自由貿易というものによって、供給と需要が地理的、心理的に切り離されてしまう。グローバル化した世界＝自由貿易体制の下では市場の拡大とともに際限なく外需の追求が行われる。その結果、過剰な競争により国内の生産コストと賃金の低下への圧力が高まる。すなわち従業員の実質賃金が減ることにより内需が減少し、さらなる外需の追求が進むという悪循環が生じます。これが日本でもデフレをもたらし、さらにアベノミクスにより株価は上がっても実質賃金の低下をもたらし、デフレ阻止の財政出動の恩恵が海外へと流出してしまう。ですからグローバリズムはそういう経済構造的な一つの大きな問題点、負の側面を現してきました。

先般、安倍首相が退陣しました。このコロナの中で日本の歴代最長政権と言われた安倍政権が、ある意味あっけなく終焉《しゅうえん》したわけです。第一次安倍内閣のあとに民主党政権ができて、第二次安倍内閣で返り咲いたときに、安倍首相はアベノミクスと呼ばれる経済政策を行った。金融政策、財政政策、規制緩和という三本の矢であるアベノミクスは、基本的にはこのグローバル経済、自由貿易というものを前提としていた。したがってその一方で安倍首相が掲げた日本を取り戻す、というナショナルなものの価値は、逆に次々に痛手を負っていったのではないか。安倍晋三という政治家は一面ではナショナリストでありましたが、グローバリズムに敗れたといっても過言ではないと思います。

「文化主義」という病

もう一つ、この三十年間われわれにとってのグローバリズムの問題、今回はここがテーマになりますが、日本人は自国の文化に対するまなざしを失ったのではないかということです。つまり日本文化を地に足を着けて受け止め、考え、それを歴史的に継承していく営みが、残念ながらこの三十年間ないがしろにされてきた。それはグローバリズム、情報革命社会以降の状況だけではなくて、遡《さかのぼ》ればまさに戦後七十五年の問題に他ならない。三島由紀夫が戦後二十五年目、四半世紀目に自衛隊であの刃《やいば》を突き付けたのも、武士、侍のいなくなった日本に突き付けたものは、「武」の形をとっての鋭い「文」への問題提起であったと言える。この「文」の本質を考えるとき、昭和四十三年の「中央公論」八月号に掲載した「文化防衛論」という、かなり長い論考なんですが、これについて詳しく読んでいきたいと思っています。

「文化防衛論」は当時からかなり話題になりました。橋川文三という歴史学者との論争もありましたし、当時の政治と文学の状況の中でかなり読まれた。しかしこれを再読してみるとかなり難しいテキストです。ですからなるべく嚙み砕いて、「文化防衛論」を読んでいきたいと思います。

まず、冒頭で語られているのは、戦後の高度成長時代の正体です。三島自身が作家として活躍した一九六〇年代は、当時「昭和元禄」と呼ばれていた。それは江戸時代の元禄とは実は似ても似つかない表面だけの空虚な文化しか表せなかった。そういう時代批判を三島はしています。

昭和元禄などといふけれども、文化的成果については甚だ心もとない元禄時代である。

近松も西鶴も芭蕉もいない昭和元禄には、華美な風俗だけが跋扈している。情念は涸れ、強靭なリアリズムは地を払い、詩の深化は顧みられない。すなわち、近松も西鶴も芭蕉もいない。われわれの生きている時代がどういう時代であるかは、本来謎に

充ちた透徹である筈にもかかわらず、謎のない透明さとでもいうべきもので透視されている。

すでに五十年以上を経て当時のことを振り返ると、まさにその高度成長であり、東京オリンピックであり、七〇年、三島が自決した年の三月には大阪万国博覧会があった。そういう時代です。

今日から見るといささか昭和のレトロな感じで評価もされる部分があります。しかし当時の文学者として生きていた三島は、同時代の日本に対して非常に厳しい批判を浴びせている。これは何かが戦後に絶たれてしまったということです。

何かが絶たれている。豊かな音色が溢れないのは、どっかで断弦の時があったからだ。そして、このような創造力の涸渇に対応して、一種の文化主義は世論を形成する重要な因子になった。正に文化主義は世をおおうている。それは、ベトベトした手で、あらゆる文化現象の裏側にはりついている。文化主義とは一言を以てこれを覆えば、文化をその血みどろの母胎の生命や生殖行為から切り離して、何か喜ばしい人間主義的成果によって判断しようとする一傾向である。そこでは、文化とは何か無害で美し

い、人類の共有財産であり、プラザの噴水の如きものである。

　フラグメントと化した人間をそのまま表現するあらゆる芸術は、いかに陰惨な題材を扱おうとも、その断片化自体によって救われて、プラザの噴水になってしまう。全体的人間の悲惨は、フラグメントの加算からは証明されないからである。われわれは単なるフラグメントだと思ってわれわれ自身に安心する。


　昭和のこの時期の日本の文化状況を「文化主義」という一言で定義しています。これはもちろんアイロニカルな批判を込めた言葉です。本来文化というのは「血みどろの母胎の生命や生殖行為」と結びついている。何か人工的な美しい「プラザの噴水」みたいに加工されたものとはまさに逆です。似て非なるものである。まったく違うものである。文化の力が断片化されて、本来あるべき全体像、人間の悲惨とか、人間の悪とか、人間の罪とか、そういったものから切り離されてしまう。断片の範囲を出ない。安全なものになってしまう。これは実はこの時期だけではなくて、その後五十年経って、ますますその傾向が今深まっている。

　三島の時代になかった情報革命によって、ＳＮＳ社会が発展し、何か危ないことを言うとたちまち炎上する。断片的に美しい言葉とか、通り一遍の概念とか、差し障りのない非差別的な言葉を並べておけばいい、これが文化人や知識人の安全な姿である。三島のここで批判する、「ベトベトした」文化主義、文化現象が、今日あらゆる日本の、そして世界の情報空間をめぐっている。例外と言えばトランプ大統領ぐらいじゃないかという気もしますが、あれとてもSNSという、まさに情報の中で管理された政治的な言説です。そういう意味ではアメリカが持つ多元性の文化の本質からも非常にかけ離れている。

文化はドロドロしたところから始まる

日本文化というものは、日本人の生命の奥深いものとつながっているはずだ。しかし、そんなものは何処にもない。加工された安全な文化的な商品しかない。「文化防衛論」で、あとで『古事記』の話なども出てきますが、『古事記』を見ても非常にドロドロしたところから始まるわけです。西洋でもギリシャ悲劇などはまさにオイディプスのように父を殺し知らずして母と婚姻して偉大な王になる悲惨な話、血みどろのものが出てきます。ですから、日本、西洋を問わず、本来そういうものが文化の本質である。戦後の日本はそれを切り捨てて、何か安全なものとして「文化主義」が出てきた。

「文化」という言葉はあらゆるものにくっついていた。「文化鍋」「文化住宅」「文化財」

とか、すべてのものに文化という言葉がくっつくという戦後的な現象がありました。これなんかまさに「ベトベトした」文化主義です。

日本文化とは何かという問題に対しては、終戦後は外務官僚や文化官僚の手によってまことに的確な答えが与えられた。それは占領政策に従って、「菊と刀」の永遠の連環を断つことだった。平和愛好国民の、華道や茶道の心やさしい文化は、威嚇的でない、しかも大胆な模様化を敢えてする建築文化は、日本文化を代表するものになった。

ここに「菊と刀」という言葉が出てきます。これは「文化防衛論」の中の一つの重要なキーワードです。「菊と刀」というタイトルから連想されるのは、アメリカの文化人類学者のルース・ベネディクト（1887〜1948）です。戦争中、大東亜戦争のときに、アメリカは、戦っている日本人、日本の歴史や文化とは何か、ということを様々な分野の学者に研究させていたわけです。そして『菊と刀』という一冊の日本文化論を書いています。日本人の文化は恥の文化であり、西欧文化は、キリスト教系の文化は罪の文化である、といった区分けなどをしていています。それが必ずしも当たっているとは私は思いませんが、一つの日本文化論として優れています。

三島由紀夫はこの菊というのは日本文化、それを代表する、あるいは包括する存在としての天皇という存在を表す。刀は軍隊である。戦争に負けて、占領下において日本国憲法の天皇条項が明確に示しているように、天皇を政治や軍隊から切り離す、これが占領政策の第一だったわけです。天皇は象徴であり、いっさいの政治的権限を持たない、そして軍隊との連環を絶つ。そもそも憲法九条によって軍隊を持つことは禁じられた。ですから「平和愛好国民」として華道や茶道などの文化、威嚇的でないもの、あるいは建築の文化等々が日本文化を代表するものになった。

そこには次のような、文化の水利政策がとられていた。すなわち、文化を生む生命の源泉とその連続性を、種々の法律や政策でダムに押し込め、これを発電や灌漑にだけ有効なものとし、その氾濫を封じることだった。すなわち「菊と刀」の連環を断ち切って、市民道徳の形成に有効な部分だけを活用し、有害な部分を抑圧することだった。占領政策初期にとられた歌舞伎の復讐のドラマの禁止や、チャンバラ映画の禁止は、この政策のもっともプリミティヴな、直接的なあらわれである。

そのうちに占領政策はこれほどプリミティヴなものではなくなった。禁止は解かれ、文化は尊重されたのである。それは種々の政治的社会的変革の成功と時期を一にしており、文化の源泉へ退行する傾向は絶たれたと考えられたからであろう。文化主義はこのときにはじまった。すなわち、何ものも有害でありえなくなったのである。

文化は人類ではなく民族のもの

昭和二十六年九月に、サンフランシスコ平和条約が結ばれ、日本は翌年の四月に占領が終わる。占領初期は実は歌舞伎の復讐劇などを禁止されていた。ある意味わかりやすい、目に見える、触れやすい、いささか滑稽《こっけい》なまでの禁止があったわけですね。占領が終わりましたから、こういう禁止は解かれた。ところが今度は表面的に文化、文化と尊重されることで、日本文化が持っている源泉、そこにきちんと戻る通路が絶たれた。「文」から「武」の側面を自ら削り落としていく。むしろ日本人自らがこの戦後的な平和主義、文化主義を礼賛していった。国民だけではなくて、文化を作る側の創造者たちもそのようなもののなかに多くは埋没していった。積極的に「平和」的文化主義を賞賛していった。つまり「何ものも有害でありえなくなった」。五十年経ってますます何か有害なものはほんとに排除される、そんな傾向になっている。文化は人類と結びつく。

余談ですが、二〇二〇年の九月に飛行機でマスクを拒否した乗客が二時間以上揉《も》めて、挙句の果てに警察官が入り、新潟空港に着陸して排除されたという事件がありましたね。立川談志（1936〜2011）の弟子の立川志らく氏が朝の報道番組でそのことを取り上げたのですが、番組に配慮したのか「これは非常識である。日本人ならばちゃんとマスクをすべきだ」とコメントして、私はこれが談志の弟子なのかと（笑）。立川談志師匠とは西部邁（1939〜2018）先生が親しかったこともあり、私も「表現者」で何度かお会いしたことがあります。ですからその謦咳《けいがい》に触れると、まさに自由闊達《かったつ》で、みんなが右に行こうとすれば左、左に行こうとすれば俺は右だというような、それでいて必ずしもひねくれ者という形ではなくて、みんなが行こうとする、みんなが安全であろうとすることに対して、やはり一石を投じるというのが落語家の洒脱《しゃだつ》であり諧謔《かいぎゃく》だという自負がありました。それが言葉を使う者の使命だといった気概があったのに、今日では何か有害であるものはちょうど害虫のようにあらゆるメディアから除去される。

この傾向は戦後の始まりの時期からすでに始まっていた。今こういう有害なものに対する抑圧は一層強くなってるわけでありますし、ましてコロナ状況下では一面ではやむをえないものもありますが、しかし、文化の持つある種の悪とか有害性、前章でも指摘しましたけれども、冒険的なもの、反逆的なもの、反体制的なもの、反人間的なもの、アンチヒューマニズム、こういったものが徹底的に排除されている。そして、それが何か安全で素敵な文化という流れになってしまっている。もちろんそういうものに異を立てようとしている、また立てている芸術家がいないことはない。しかし少数になってしまった。改めてこの半世紀、そして戦後七十五年という平和ボケの時間の永さを考えさせられます。そもそも「文化」とは「人類」のものなのか。否である、と三島は定義します。

> **それは文化を主として作品としてものとして鑑賞するような寛大な享受者の芸術至上主義である。そこにはもちろん、政治思想の趣味的な関与はばまれていない。文化は、ものとして、安全に管理され、「人類共有の文化財」となるべき方向へ平和的に推進された。**
>
> **その成果が甚だ貧しかったことは前述のとおりであるが、文化主義は依然として自らに満足し、大衆社会の進行に伴って、その最大の表看板になったのである。しかしこれはもともと、大正時代の教養主義に培われたものの帰結であった。日本文化は外国に対しては日本の免罪符になり、国内に対しては平和的福祉価値と結合した。福祉価値と文化を短絡する思考は、大衆のヒューマニズムに基づく、見せかけの文化尊重主義の基盤になった。**

ここで三島は「大正教養主義」というのを出しています。戦後の占領下におけるGHQの占領政策を冒頭に話しましたが、遡ればこれはやはり日本の近代百五十年の歴史の中で捉え直す必要がある。大正時代、モダニズムやヒューマニズムが、そして多くの外国の様々な思想や文化やものが入ってきました。それ自体は日本の文化受容の歴史の中で、大事な時期だと思います。しかし同時にそこで大衆のヒューマニズムに基づく文化尊重主義の基盤も生まれたということはいえる。

そしてもう一つこの文章のキーワードは、「人類共有の文化財」ということです。今われわれは自然にこの言葉を受け止めている。象徴的なのは、ユネスコが定める世界遺産です。日本も毎年のように新たに世界遺産に登録されたり申請されたことが話題になります。しかし、考えてみると、世界遺産という言葉自体が三島の文化論から言えば根本的な矛盾用語です。「人類共通の文化財」もないことはないでしょう。しかし文化というものは、本質的にはその民族、その国民、その国の歴史に根ざしたものです。「人類共有の文化財」というものは極めて限られた、あるいは、三島が少なくとも考えているような「文化」ではない。何かモノとして鑑賞したり、あるいは古い建物として保存していたり、戦後の大衆社会と消費社会の中で、文化はひたすら安全で安易なものの代名詞と化した、これが「文化防衛論」の冒頭で苛烈《かれつ》に批判されているのです。

実はこの「人類共有の文化財」というキーワードに関しては、先にも取り上げた「日本文学小史」の巻頭でも三島は書いています。


民族の深層意識の底をたずねて行くと、人は人類共有の、暗い、巨大な岩層に必ず衝き当る。それはいわば底辺の国際主義であり、比較文化人類学の領域である。古い習俗のもっとも卑俗なものを究めて行っても、又、逆に、もっとも霊的なものを深めて行っても、同じ岩層にぶつかり、同じように「人類共有」の、文化体験以前の深みへ顚落《てんらく》して行く危険があるのだ。しかも、そこまで行けば、人は「すべてがわかった」気になるのである。

民俗学者の地味な探訪の手続は、精神分析医の地味な執念ぶかい分析治療の手続に似ている。個々の卑小な民俗現象の芥箱《ごみばこ》の底へ手をつっこんで、ついには民族のひろく深い原体験を探り出そうという試みは、人間個々人の心の雑多なごみ捨て場の底へ手をつっこんで、普遍的な人間性の象徴符号を見つけ出そうという試みと、お互いによく似ている。こういうことが現代人の気に入るのである。マルクスとフロイトは、西欧の合理主義の二人の鬼子であって、一人は未来へ、一人は過去への、呪術と悪魔

祓いを教えた点で、しかもそれを世にも合理的に見える方法で教えた点で、双璧をなすものだが、民俗学を第三の方法としてこれに加えると、われわれは文化意志を否定した文化論の三つの流派を持つことになるのである。

三島の指摘は、少し難しいですが重要です。これは二十世紀、十九世紀からと言っていいでしょう、われわれが今日、近代と呼んでいる時代の中で出てきた普遍的な思想、哲学のあり方です。一つは名前の出ているカール・マルクスです。もちろんマルクス主義、社会主義の生みの親で、『資本論』を書いた。『資本論』によって近代の産業革命以降の資本主義社会の矛盾を暴いた。資本家が多くの労働者を搾取している。人間を疎外する状況を生み出す。資本主義のもたらす大きな弊害と、社会的な悪辣《あくらつ》な状況批判しながら、その資本主義社会が、恐慌を繰り返していく矛盾を示し、唯物史観によってこの矛盾した資本主義社会がアウフヘーベン（止揚）されていく、つまり新たな社会主義社会、共産主義社会へと移行していくだろう、と唯物弁証法による歴史の未来を予測した。労働者、プロレタリア革命、実際にはロシア革命が起こるわけですけれども、そういう方向に導いた人物です。戦後日本もこのマルクス主義が猖獗を極めた。今日もその影響が残っている。このマルクスは人類社会の普遍的なものを歴史の進歩として目指したわけです。

フロイトは前章でも述べたように精神分析学という医学を誕生させました。人間の心の様々な現象を探ることで、その人間にある普遍的なもの、人間の欲望はこうである、深層心理はこうである、というある普遍的な心理構造、を抽出していく。それによって人間の心の世界というものを理解していこうという普遍主義です。

文化人類学、先ほどのルース・ベネディクトもそうですが、有名なのはレヴィ・ストロース（1908〜2009）で、民族の特殊性と普遍性を分析する学問です。構造人類学とも呼ばれています。こういった普遍的な人間性という価値観を基にする諸科学、諸学問が確立されて、十九世紀、二十世紀、そして二十一世紀の今を覆っている。このことは重大な問題ですし、グローバリズムはもちろん先ほど申し上げた自由貿易や経済の部分ですが、この普遍主義が一つの経済という形をとったものです。そういう意味では、マルクス主義は社会主義体制が崩壊したからもう消え去った、と言われていますが、実はグローバリズムの中にマルクス的な亡霊が入り込んでいるのです

中華人民共和国はまさに覇権主義として台頭してきています。もちろん中華人民共和国は中国共産党の独裁体制の中で作られています。共産主義的全体主義の体質を色濃く持っている。しかし同時に、今の中国は、まさにグローバル経済です。経済の普遍主義を自らの中に持って、それを世界に覇権という形で拡大していく。「一帯一路」政策はその代表

です。そういう意味では、中国共産党は文字どおりマルクスの鬼子であって、加速された資本主義です。サイノ・フューチャリズム、中華未来主義と呼ばれ始めている。

行動様式も文化という日本の特殊性

三島が定義する文化というものは繰り返せば、世界遺産的なトピックでくくられる人類共通のものでもない。文化とはその時代の精神を共有する人々、共有する民族、共有する人間たちの特殊性、創造のための文化意志を生み出す民族の固有なもの、これを前提にしている。文化の源泉にあるものから発しているということです。「日本文学小史」で同じく三島は次のように言っています。

文化とは、文化内成員の、ものの考え方、感じ方、生き方、審美観のすべてを、無意識裡にすら支配し、しかも空気や水のようにその文化共同体の必需品になり、ふだんは空気や水の有難味を意識せずにぞんざいに用いているものが、それなしには死なねばならぬという危機の発見に及んで、強く成員の行動を規制し、その行動を様式化するところのものである。

これが文化の重要な要素です。日本人の中で、考え方、感じ方、生き方のすべてを支配するものとしている。文化共同体です。これは決して外来文化を排除するということではなく、日本の歴史を見れば、外来文化を取り入れつつ民族固有の文化意志を形成していくプロセスであることがわかります。文化はそのときその文化特有の普遍化の要求を実現していることになる。

むしろ、外からの文化を受け容れることによって、自らの文化の持つ本質性に気づく。これは日本の千年に及ぶ歴史の中でなされてきたことです。明治維新の急速な西洋化・近代化によってこの原則が大きく捩《ね》じ曲げられていったのは確かですが、本来そういうものが日本の文化、日本人の文化意識の中にはあった。三島が定義しているこの文化という言葉の姿が明らかになってくるのではないかと思います。

「文化防衛論」の中で「日本文化の国民的特色」という章があります。ここで、さらに具体的に日本文化を定義しています。

第一に、文化は、ものとしての帰結を持つにしても、その生きた態様においては、ものではなく、又、発現以前の無形の国民精神でもなく、一つの形（フォルム）であり、

国民精神が透かし見られる一種透明な結晶体であり、いかに混濁した形をとろうとも、それがすでに「形」において魂を透かす程度の透明度を得たものであると考えられ、従って、いわゆる芸術作品のみでなく、行動及び行動様式をも包含する。

文化はものとしてだけ現れるものではなくて、実はそれを生み出す、それを発現させる、まだ形がない国民精神、国民の魂、これが一つの形（フォルム）を取っていく。形において現れるのが文化であり、それこそが日本文化の特質だと言っています。

文化とは、能の一つの型から、月明の夜ニューギニアの海上に浮上した人間魚雷から日本刀をふりかざして躍り出て戦死した一海軍士官の行動をも包括し、又、特攻隊の幾多の遺書をも包含する。源氏物語から現代小説まで、万葉集から前衛短歌まで、中尊寺の仏像から現代彫刻まで、華道、茶道から、剣道、柔道まで、のみならず、歌舞伎からヤクザのチャンバラ映画まで、禅から軍隊の作法まで、すべて「菊と刀」の双方を包摂する、日本的なものの透かし見られるフォルムを斥《さ》す。文学は、日本語の使用において、フォルムとしての日本文化を形成する重要な部分である。

明快だと思います。日本文化は一つの完結したものとしてそこに静止して置かれているものだけじゃない。まさに行動を含むということです。動きを含む。スタティックなものだけではなくてダイナミックな「行動」を含む。人間魚雷から日本刀を振りかざして躍り出て戦死した海軍兵士、そしてその軍隊の作法等々も出ています。様々な動きとしての、行動としての文化、形、ということですね。

「文化防衛論」ではこのフォルムをどういう形で文化の共同体、われわれの無意識をも含む文化への意志がはっきりした行動体を持ちうるのか、ということを追求しています。そこで出てくるのが、日本の歴史を貫く存在である天皇、すなわち「菊」の存在意味です。この「文化防衛論」というタイトルは、文化の防衛論ですけど、この文化は、日本の歴史を貫く文化、すなわち天皇の防衛論です。

「文化概念」としての天皇

さて、その天皇論として三島は、日本の文化の特質として興味深いことを言っています。それは、日本文化におけるコピーとオリジナルの関係です。

第二に、日本文化は、本来オリジナルとコピーの弁別を持たぬことである。西欧ではものとしての文化は主として石で作られているが、日本のそれは木で作られている。オリジナルの破壊は二度とよみがえらぬ最終的破壊であり、ものとしての文化はここに廃絶するから、パリはそのようにして敵に明け渡された。

日本の文化はものとして考えた場合に、西欧が建築物など石で作られたものに対して、木で作られている。材質的な違いがある。こういった質的な、材質的な部分から、実は日本文化と西欧文化の大きな相違が考えられる。そして、日本の場合、オリジナルとコピーの決定的な価値の差異が生じない。つまり、日本文化のフォルムが本来「オリジナルとコピーとの弁別を持たない」ことで形成される。最も象徴的な例が、伊勢神宮の式年遷宮というものに見て取られると描写しています。伊勢神宮は二十年ごとに内宮と外宮などを建て替えていきます。

このもっとも端的な例を伊勢神宮の造営に見ることが出来る。持統帝以来五十九回に亙る二十年毎の式年造営は、いつも新たに建てられた伊勢神宮がオリジナルなのであって、オリジナルはその時点においてコピーにオリジナルの生命を託して滅びてゆ

き、コピー自体がオリジナルになるのである。大半をローマ時代のコピーにたよらざるをえぬギリシァ古典期の彫刻の負うているハンディキャップと比べれば、伊勢神宮の式年造営の文化概念のユニークさは明らかであろう。歌道における「本歌取り」の法則その他、この種の基本的文化概念は今日なおわれわれの心の深所を占めている。

興味深い指摘だと思います。伊勢の神宮ですが、あそこは内宮《ないくう》で天照大神《あまてらすおおみかみ》を祀《まつ》っています。天皇のまさに最初の大本です。それから外宮《げくう》のほうは豊受大御神《とようけのおおみかみ》。これはお米ですね、稲作、お米の神様を祀っています。天皇の存在と日本の稲作文化というものが結びついていくわけです。この内宮と外宮、その他多くのお社があります。

平成二十五年に式年遷宮がありました。十二月の暮れに私も行きました。実際に見て感銘を受けるのは、新しいお社が新しい御神木によって作られるわけですが、その横にまだ古い、つまり二十年前に建てられた古いお社が残っている。それはやがて壊されて、その木は様々な国内の神社などに譲り渡されていく。ずいぶん昔に行ったときに、その古い社が壊されて、そこにまったく何もない空間がありました。あそこに紙垂《しで》が張ってあるわけです。その横には新しいお社が立っている。しかしその何もない玉砂利の白い空間が残っていて、その無の空間と言いましょうか、聖域として、神聖な場所として置かれている。あの空間をずいぶん前に見たときに、「ああ、ここに一つの日本文化の特徴があるんだ」という感を新たにしました。日本文化の具体的な姿が出ている。この文化概念の特質は、各代の天皇のあり方にそのまま結びついていくところに重要な点があります。

このような文化概念の特質は、各代の天皇が、正に天皇その方であって、天照大神とオリジナルとコピーの関係にはないところの天皇制の特質と見合っているが、これについては後に詳述する。

日本の天皇のあり方ですけれども、明治以降の天皇制は権威および権力として大日本帝国憲法で設置された。三島は、そういう近代の天皇制支配構造が、天皇が持っている本来的な文化的側面、先ほどの形で言えば、その歴代の天皇がまさにオリジナルとコピーの関係ではなく、常に天皇自らがオリジナルになっていく、伊勢神宮の式年遷宮のような形でなっていく、そのような天皇のあり方を考えると、明治以降の天皇制は文化概念よりも政治に重きを置いた、国家の統治に重きを置いた天皇制になっていったところに問題がある、と指摘しています。その政治体制が深まっていったのは、大正十四年に出た治安維持法等において、国体、天皇を変革しまたは私有財産制を否認することを目的として、社会主義者とかアナーキズムとかの運動を取り締まることです。天皇と資本主義というものを同義語にして、これを徹底的に取り締まっていこうという、そういった政治支配統治、それに国体すなわち天皇が利用されていった。こういう天皇制支配構造の中では、文化の概念としての天皇のあり方はないがしろにされていった。否定されていったと言う。

すなわち、文化の全体性、再帰性、主体性が、一見雑然たる包括的なその文化概念に、見合うだけの価値自体《ヴェルト・アン・ジッヒ》を見出すためには、その価値自体からの演繹によって、日本文化のあらゆる末端の特殊事実までが推論されなければならないが、明治憲法下の天皇制機構は、ますます西欧的な立憲君主政体へと押しこめられて行き、政治的機構の醇化によって文化的機能を捨象して行ったがために、ついにかかる演繹能力を持たなくなっていたのである。雑多な、広汎な、包括的な文化の全体性に、正に見合うだけの唯一の価値自体として、われわれは天皇の真姿である文化概念としての天皇に到達しなければならない。

ですから、三島由紀夫は「天皇陛下万歳」と言って市ヶ谷で自決したわけですけれども、決して明治以降の天皇制、大日本帝国憲法における「天皇ハ神聖ニシテ侵スヘカラス」というあの天皇制を信頼していたわけではない。戦前の天皇制を肯定したわけでもない。戦前の天皇制への回帰を三島は決して言っているわけではない。むしろそこには明治官僚によって作られた、あるいは儒教的概念によって覆われた、さらには西欧の立憲君主制によって作られた、疑似的な政治的な統治形態としての国体天皇制になってしまった。本来そうではないものが、天皇のあり方だというのが三島のメッセージです。

大嘗祭と新嘗祭の秘儀

先ほどの伊勢神宮の式年遷宮ついてもう一度言えば、興味深い言葉が式年遷宮の儀式の中にあって、常若《とこわか》の思想です。つまり三島の言葉で言えば、新たな造営によってオリジナルはその時点においてコピーにオリジナルの生命を託して滅びて行き、コピー自体がオリジナルになるという独自の文化です。常に新しく生まれ変わるというので常若の思想と呼んでいます。遷宮の意味は、常に若返ることによって、永遠という概念の理解を日本人が持つことができる。

『方丈記』の冒頭に「行く河の流れは絶えずして」というのがあります。川の水は絶えず変わるけれども、流れは変わらない。われわれにとって大事なのは、この流れのほうであり、万物が繰り返される。そこに一千年以上にわたって繰り返されている永遠がある。伊勢神宮はそういうことを改めて感じさせますが、天皇という存在もまさにそういった形で歴史の中の存在としてある。三島は「文化防衛論」の中で、天皇の大嘗祭については細かくは触れていません。しかし、次のような箇所で言っています。

　とはいえ、保存された賢所《けんしょ》の祭祀と御歌所の儀式の裡に、祭司かつ詩人である天皇のお姿は活きている。御歌所の伝承は、詩が帝王によって主宰され、しかも帝王の個人的才能や教養とはほとんどかかわりなく、民衆詩を「みやび」を以て統括するという、万葉集以来の文化共同体の存在証明であり、独創は周辺へ追いやられ、月並は核心に輝いている。民衆詩はみやびに参与することにより、帝王の御製の山頂から一トつづきの裾野につらなることにより、国の文化伝統をただ「見る」だけではなく、創ることによって参加し、且つその文化的連続性から「見返」されるという栄光を与えられる。その主宰者たる現天皇は、あたかも伊勢神宮の式年造営のように、今上であらせられると共に原初の天皇なのであった。大嘗会と新嘗祭の秘儀は、このことをよく伝えている。

前半で述べられているのは、これは今日でも正月に行われています新年の天皇陛下、皇族の方も参加する歌会始です。毎年、前の年にその年の歌のお題が決められています。多くが国民からそのお題を読んだ歌を宮内庁が募集するわけです。その中から選者によって歌が選ばれ、天皇陛下の御製、皇后陛下の歌を始め、皇族の方々の歌が披露され、選ばれた国民の歌も披露されるという、宮中の歌会というのが今日も連綿と続いています。こういうところに保存された儀式があることはある。それを三島はここで指摘したわけです。

もう一つは「大嘗会と新嘗祭の秘儀」です。これは非常に大事なことです。平成から令和へと御代替わりがありました。当然のことながら大嘗祭が行われたわけです。新天皇が即位する、その最も重要なお祭りとして大嘗祭が行われた。令和元年の十一月十四日です。夕刻六時から翌十五日の未明にかけて行われています。新天皇はまず十月に即位礼正殿の儀というのに臨まれました。そしてこの大嘗祭に臨まれたわけです。

昭和天皇の崩御から平成の天皇に移るさいに大嘗祭についての議論がありました。これは国学者の折口信夫（１８８７〜１９５３）などが、大嘗祭というのはいわば天皇霊を新たな天皇が受けることによっていわば新天皇としてそこに誕生される、ということを、新天皇が神座《しんざ》に籠《こも》り天皇霊を受けられて神になるという大嘗祭の本義ということを言いました。

政教分離の観点からも天皇の即位に関する大嘗祭の議論は非常にあったわけです。ただ、前回の大嘗祭以降、むしろそういう神秘的な天皇霊といったことをよりも五穀豊穣と国家安寧を即位した新天皇が天照大神と神々に祈る、という儀式としての側面が特に強調されています。これは戦後の象徴天皇制と見合った形で行われた大嘗祭の意味だといえます。ただ一方では折口説が否定されたとは言え、本来大嘗祭の持っている神道的な意義、天皇が持っている、まさにオリジナルとコピーの弁別を持たないという文化の共同体の天皇として考えるときに、大嘗祭の神秘的側面、これは完全に否定しきれない。むしろ重要な宗教的な本質でもあると思います。

天皇の歴史的使命

天皇が文化と霊性において継承されていくというところに、天皇の連続性があり、三島もそこを強調している。

日本の文化を包括する原理としての天皇、このことを論じている。みやびの源流が天皇である、ということです。政治的な天皇制ではない。文化概念としての、天皇のあり方が非常に重要である。そのためには当然のことながら自由な社会、言論の自由が保障されなければならない。天皇は政治的に自由や言論を抑圧する存在ではもとよりなくて、多様な文化自体を様々な高貴なものから卑俗なものまでを包含しつつ、そこに存在している、鏡のような存在ということを三島は「文化防衛論」の中で繰り返し言っています。

速須佐之男の命は、己れの罪によって放逐されてのち、英雄となるのであるが、日本における反逆や革命の最終の倫理的根源が、正にその反逆や革命の対象たる日神にあることを、文化は教えられるのである。これこそは八咫鏡《やたのかがみ》の秘儀に他ならない。文化上のいかなる反逆もいかなる卑俗も、ついに「みやび」の中に包括され、そこに文化の全体性がのこりなく示現し、文化概念としての天皇が成立する、というのが、日本の文化史の大綱である。それは永久に、卑俗をも包含しつつ霞み渡る、高貴と優雅と月並の故郷であった。

だから天皇への反逆者、権力への革命、アナーキなものすら包含していく。文化の全体性がそこにいて示される。三種の神器の中の八咫鏡というのがここで出てきます。この『文化防衛論』は文庫本になっているんですが、最初のこの単行本で出たものと同じですけれども、そこに当時の大学での講演会、討論会が収録されています。東大での討論集会は『三島由紀夫と東大全共闘』という一冊の本にまとめられていますが、『文化防衛論』の後半に収められている「学生とのティーチ・イン」も面白いです。若者との討論ですから三島自身が「文化防衛論」で論じている要点をわかりやすく語っている。一橋大学の学生の質問に答えて三島が「自分のものを宣伝するようで気が引けるんですが、『中央公論』に私は『文化防衛論』というのを書いて……」というところから引用しましょう。

言論の自由を保障するだけでは足りないので、我々の伝統と我々の歴史の連続性を保障するものでなければならん。そのためには天皇制が今のままであっては困るので、政治概念としてではなく、歴史的な古い文化概念としての天皇が復活しなければいかん。ですから天皇を憲法改正で元首にするとかしないとかいう問題ではなくて、天皇の権限よりも、天皇というものを一種の文化、国民の文化共同体の中心として据えるような政治形態にならなきゃならん。そのために今は栄誉大権の復活が一番大事である。栄誉大権は単に文化勲章や一般の文官の勲章のみでなく、軍事的栄誉として自衛隊を国民が認めて、天皇が直接に自衛隊を総攬するような体制ができなくちゃいかん。それがないと、日本の民主主義は真に土着的な民主主義にはなり得ない。そういう形を私は主張しております。ここでは簡単にいいましたが、文化概念としての天皇の問

題をいろいろ追求してみましたので……。

天皇というのは政治的な統治をするものではなく、国民の文化共同体の中心、様々な文化のフォルムを映し出す八咫鏡のような役割を果たすべきである。そしてもう一つは、栄誉大権です。これは大切な箇所です。今日の課題と言ってよい。

「文化防衛論」では次のくだりです。

菊と刀の栄誉が最終的に帰一する根源が天皇なのであるから、軍事上の栄誉も亦、文化概念としての天皇から与えられなければならない。現行憲法下法理的に可能な方法だと思われるが、天皇の栄誉大権の実質を回復し、軍の儀杖を受けられることはもちろん、聯隊旗も直接下賜されなければならない。

日本国憲法の第七条に「天皇は、内閣の助言と承認により、国民のために、左の国事に関する行為を行う」とあり、その第七項に「栄典を授与する」というのがあります。これは文化勲章など勲章を与えたりすることですが、自衛隊にもそういう栄誉大権をやるべきであると言っている。もちろん天皇が自衛隊に直接関わることは今日までありません。第四条で「天皇は、この憲法の定める国事に関する行為のみを行い、国政に関する権能を有しない」ということもありますから、「栄典を授与する」こととありますけれども、軍事上の事柄に関して天皇が参画することは困難です。

ただし、東日本大震災のときに、印象的だったのは三月十六日に平成の天皇がビデオメッセージを出されました。その危険な状況の中で救援活動を日夜展開する人々を激励された。その筆頭に自衛隊が挙げられていました。ですから三島が訴えた憲法改正の問題はもちろんありますが、天皇の栄誉大権の問題というのは今日的な課題としては十分議論が成り立つはずだと思います。

自衛隊のシビリアンコントロール、つまり文民による統治自体と矛盾するものではないだろうと思います。三島が亡くなって五十年経ちますけど、その後の様々な出来事や天皇のあり方などを見てみると、改めてこの「文化防衛論」で提起されているいくつかの問題が現実的なもの、可能性のある天皇のあり方として議論されていいと思います。

戦後の天皇制に対して、皇室のあり方に対して三島は週刊誌的な天皇制と批判し、権威、ディグニティを失ってしまったと批判的だった。しかし今申し上げたように、東日本大震災における平成の天皇の言葉とか、さらには被災地の巡幸、昭和天皇がおやりになった、戦争で亡くなった方の慰霊の旅がありましたね。昭和天皇は沖縄に行けなかったんですが、最後まで、亡くなる直前まで沖縄に行かれることを祈願されていました。そのお心を継いで平成の天皇が沖縄に行かれサイパンや硫黄島、最後にはパラオのペリリュー島まで行かれました。ですから、そういう国民の象徴という戦後憲法に記された言葉の中で、象徴という概念を歴史的に深く掘り下げて捉え直すことで、国民の安寧を祈る祭司としての天皇、「文化防衛論」の言葉で言えば、八咫鏡のような存在としての、ある意味では宗教的な力も孕《はら》んだ天皇の存在というのは、われわれ国民が実感してきたものではないかという気もします。

「文化防衛論」は五十年前に書かれていますが、今日の天皇・皇室のあり方を考えさせるものがあります。上皇は、昭和六十一年五月にこう語られています。皇太子の時代です。

天皇と国民との関係は、天皇が国民の象徴であるというあり方が、理想的だと思います。天皇は政治を動かす立場にはなく、伝統的に国民と苦楽を共にするという精神的立場に立っています。このことは、疫病の流行や飢饉にあたって、民生の安定を祈念する嵯峨天皇以来の写経の精神や、また「朕、民の父母となりて徳覆うこと能わず、甚だ自ら痛む」という後奈良天皇の写経の奥書などによっても表われていると思います。

この年は三原山が噴火して、大島の島民が千代田区の体育館に避難していました。そこに皇太子殿下であった上皇、上皇后が慰問されています。大島島民が疲れ果ててぐったりしていて、もう立てなかったのですが、そのとき上皇が自分から腰を落としまして、そして被災者に話しかけられた。これは日本の皇室史上初めての光景だったんです。その後ずっと平成の時代、天皇皇后が常に被災者とお会いになるときは自ら膝を折って言葉をかけられたり、被災者の言葉を聞かれたりしてきました。昭和天皇の時代にはもちろんなかったことです。つまり平成の時代に上皇がそういう新しい象徴天皇、これは憲法で「日本国憲法の象徴であり、日本国民統合の象徴である」という言葉がありますが、天皇ご自身がそのことを遵守し、とおっしゃっていましたけれども、同時に先ほどのような形での近代史以前から、日本のまさに長い天皇の歴史の中に伝統的に国民と苦楽を共にする精神的立場という天皇がいると、そういう祭司としての天皇でもあるし、八咫鏡としての天皇でもあるし、いろいろな姿を映し出す、そういう天皇のあり方を模索されてきて実践されてきた。

これは三島由紀夫はもとより知らないことです。この五十年の皇室のあり方は大きな変化を遂げてきているということは言えると思います。

平成の天皇は「週刊誌的天皇制」か

ただ今回、令和の御代替わりの中で、「文化防衛論」も含めた天皇論の議論が右のほうからも左のほうからもあまり出なかったというのは問題があったんじゃないか。もっと天皇の存在について日本人が議論をすべきじゃないか。そのことは日本文化とは何かということをグローバリズムの三十年間で見失ってきた中で、とりわけ大事な問題であろう。三島がこの「ティーチ・イン」でもう一カ所大事な事柄を言っているところがあります。茨城大学の「学生とのティーチ・イン」です。

大統領は権力であり、日本の総理大臣は権力であります。天皇とは何であるか。天皇は権力じゃないのです。天皇はつまり何ものも拒絶しないのだから権力じゃないというのが、私の基本的な考えであります。それを象徴するのが八咫鏡であります。つまり天皇の鏡は国民の一人々々の顔が全部映ってしまう鏡だというふうに考えております。ですから鏡の前へあなたが顔を持っていけばあなたの顔が映ってしまう。ところが、スターリンの持っている鏡があるとすると、そこにあなたの顔が映るとは限らない。スターリンの嫌いな顔はその鏡に映らないようにできているわけですね。

ここでスターリンの名前が出てくるのは社会主義全盛の時代とその後のソ連のスターリン批判の歴史もあるのでしょう。続けて読みます。

ところが天皇というものはすべてを映すリフレクションというような機能であって、権力が機能ではない。文化というものは多様性と自立性ということなしには一刻もあり得ないものですから、その文化の多様性と自立性というものはすべて天皇の鏡にそのまま包含されるような形で許されるのですね。天皇はキリスト教的な一神教的な神ではありませんから、あらゆる言論自由下の文化をすべて包含するというのが、文化の象徴としての天皇の反射的機能といいますか鏡の機能だと私は思います。

これは「文化防衛論」と重なる。さらにこうも言っています。

天皇をただ政治概念としての天皇に戻して、戦前のように天皇制を利用した軍閥政治を復活するということじゃなしに、天皇を文化的概念の中心としてもう一度ディグ

ニティを復活する方法はいろいろと考えられると私は思っている。一番具体的なことは宮内庁の役人の頭を変えることです。この役人達は毎週週刊誌見ちゃ、また美智子さまが載っていた、まだ国民は皇室を愛している、よかったと、胸をなでおろしている。これが宮内庁の役人です。こういう人間の頭を切りかえることがまず第一で、それ自体でもずいぶん変ってくるのですね。

戦後の週刊誌的天皇制を三島は批判していますが、これは大事なところで、実は平成の天皇というのは、決して大衆人気とか、そういう部分で象徴としての天皇になったのではない。先ほどの皇太子時代の言葉のように、国民と苦楽を共にする精神的存在、三島の言う文化概念としてのその存在を全身全霊を持っておやりになったと思います。上皇のお考えというのは戦後的な週刊誌天皇制を変えていくこともあるし、もちろんディグニティ、高貴の回復という具体性ではないかもしれないが、天皇と国民との共同性という意味では、文化概念を大切にされてきた。それをもう一度歴史的に見直さなければならない。

守るとは「剣」の論理

では、何に対して文化を守るかという「文化防衛論」の要の部分に入ります。

当時、中国は毛沢東の時代で、文化大革命が起こっていました。これはのちに歴史的に検証され、毛沢東が大躍進などの中国の国内政策を誤り、大勢の人民が犠牲になった、そして自らの権力基盤にゆるぎが出てきたときに、自らが中国共産党、そして中国を支配するための戦略として文化大革命を起こしたと言われています。大変多くの中国国内の知識人が追放され、殺され、中国の古来から残っていた文化をも徹底的に破壊された。

当時一九六八年ごろの日本では、毛沢東の中国の文化大革命に共鳴するような声も一部ではありました。しかし三島由紀夫、川端康成、石川淳、それから安部公房などの作家たちは、いち早くこれがまさに文化の破壊であるということで、中国の文化大革命に対する反対声明を文学者として出しています。当時の文学者はそういうことを右も左もやっていた。今はそういうのはまったくない。残念だし物足りないところです。

共産主義の革命のリアリティーがまだあった時代です。ですからこの防衛ということの守るということに関しては、もちろんここでは天皇を守り、日本文化を守るということです。そのことを文学者として三島は断言し、反革命の立場に立っています。

守るとは何か? 文化が文化を守ることはできず、言論で言論を守ろうという企図は必ず失敗するか、単に目こぼしをしてもらうかにすぎない。「守る」とはつねに剣の原理である。

守るという行為には、かくて必ず危険がつきまとい、自己を守るのにすら自己放棄が必須になる。平和を守るにはつねに暴力の用意が必要であり、守る対象と守る行為との間には、永遠のパラドックスが存在するのである。文化主義はこのパラドックスを回避して、自らの目をおおう者だといえよう。

ここは示唆的で、また今日的だと思います。守るというのは必ず力が必要になる。剣の原理が必要になる。文を守るには武の原理が必要になる。文武両道がなければ、われわれは本当に自分たちの貴重な文化を守ることができない。そして、文化主義はこういった矛盾やパラドックスを回避している。われわれもこの半世紀、このパラドックスを回避してきたと言わざるをえない。

冷徹な事実は、文化を守るには、他のあらゆるものを守ると同様に力が要り、その力は文化の創造者保持者自身にこそ属さなければならぬ、ということである。これと同時に、「平和を守る」という行為と方法が、すべて平和的でなければならぬという考えは、一般的な文化主義的妄信であり、戦後の日本を風靡している女性的没論理の一種である。

憲法九条の問題などもそうですけれども、「平和を守るということは平和的でなければならない」という固定観念に戦後の日本人はずっと縛られてきたし、七十五年経った今もそれに縛られ続けている。ますます逆に縛られている。こういう歴史のパラドックスが今、目の前にある。この「文化防衛論」はだからまったく古びていない。大きな問いがあると思います。三島の文武両道は、そういう今日の日本人の文化と平和の守り方の問題、これを示唆している。

中国が覇権主義を進めて、尖閣をほとんど奪取しようとしているという、これも明らかなものとして見えている。それは島や領土や防衛問題であるとともに、日本の文化を守るという問題である。最近あまり日本の文学者や、文化人、最近文化人という言葉もあまりないですけれども、そういう人たちの発言がない。あるとすると「憲法九条を守れ」といった固定された平和主義です。三島の言葉で言えば「文化主義」が跋扈《ばっこ》し続けているという状態です。そういう固定概念を改めて乗り越えるためにも、この「文化防衛論」を読み返すことは意義がある。

武士道とは何か

文武両道が今回のテーマですけれども、そう言いながら彼の最後の行動は非常に衝撃的なものだった。しかし、三島の生涯のところで申し上げたように、昭和四十年から四十五年の十一月二十五日まで、「豊饒の海」という文学作品を古典にもつながる日本語の華麗な文学作を書き続けていたことは大事です。「ティーチ・イン」の中で、これは一橋大学のところで学生が、

三島先生は、まあ戦後非常になよなよした秀才として文壇に登場なさったわけで……。非常に優雅なる文体でもって作品をお書きになりましたけれども、それがいつのまにやら、逞しい男性と変身されまして、警察のほうへ行って剣道をやられたり、自衛隊に入って訓練を受けたりされましたが、これはどういうふうな動機でそうなら

れたものやら……。

という質問をしています。それに対しての三島の答えが面白い。

　私のなよなよの説でありますが、私は文学においては今でもなよなよ派であります。これはどうぞ誤解のないようにお願いしたい。私は文学というものは、いまご質問になった女性よりももっともっとかよわく、どんな優雅な女性よりももっともっと優雅な、なよなよしたもので、もうとにかく掌にそーっと置いておいてもたちまち壊れてしまうような優雅なものだと私は信じて疑いません。しかし私が文武両道と申しております意味は、そのような優雅な文学が一方にある、一方には武士道があるというのが日本文化の一番本質的な形であるにもかかわらず、日本ではいま優雅のほうも、私がなよなよ文学をやっていなければ、ますます中間小説の粗雑なガサガサ文学だけになってしまう。武士道のほうも、私が恥を曝《さら》して剣道でもやってなければ、いまのように武士道が忘れられて、甚だ感情の錯乱したようなサイケデリックな時代に陥ってしまう。ですから私はバランスをとりたいと思って、自己開発をやってきた。見たところ私は、多少つくった筋肉がついているようですが、文学者としての私は優雅の文学の信奉者であります。

ここにまさに文武両道がある。日本文化とは何か、そしてそれを守るとは何か。文化と武士道というこの矛盾する対立するものが深いところで根源的に一致している。

武士道は明治以降に武士階級がなくなったあとも、たとえば新渡戸稲造《にとべいなぞう》（1862〜1933）が『武士道』という本を英文で書いています。新渡戸稲造は北海道の札幌農学校で内村鑑三（1861〜1930）などとともに学びクリスチャンになった。そしてアメリカその他の西洋の国に行ってやがて国際連盟の事務局次長になります。台湾の植民地の仕事をして、後藤新平（1857〜1929）のもとで台湾の振興策などもします。そして有名な『武士道』という本を英文で書きます。内村鑑三もそうですが、当時の明治の論客たちは、英文で書くことによって日本人の精神、日本人の魂というのはどういうものであるかを西洋人に知らしめたいという思いがあった。外交、政治にしても、すべてその民族の時代精神を示さなければ相手にされない。黄色人種として蔑《さげす》まれている。

この『武士道』を読みますと、白眉《はくび》とも言うべきものは、大和魂について書いている部分です。これは江戸時代の本居宣長《もとおりのりなが》（1730〜1801）の和歌です。

　しきしまのやまと心を人とはば、朝日ににほふ山ざくらばな

これを引いている。これこそわが国民の無言の言をば表現している、と新渡戸は言っています。

　大和魂は柔弱なる培養植物ではなくして、自然的という意味において野生の産である。それは我が国の土地に固有である。

それぞれの国にはそれぞれの花がある。日本はまさにこの山桜がそうですね。この桜花は日本の固有の花である、ということを言っています。その桜花は、

　その美の下に刃をも毒をも潜めず、自然の召しのままに何時なりとも生を棄て、その色は華麗ならず、その香りは淡くして人を飽かしめない。およそ色彩形態の美は外観に限られる、それは存在の固定せる性質である。これに反し香気は浮動し、生命の気息《いき》のごとく天にのぼる。

山桜を通して日本人の大和魂を言っています。大和魂は戦時中この宣長の歌が不幸なことに特攻隊の名称に使われたりしました。敷島隊、大和隊、朝日隊、山桜隊という四つの特攻隊がレイテ戦で結成されて、特攻をしたわけです。宣長の言っているこの大和魂、そして新渡戸稲造が『武士道』で書いている大和魂は、三島がここで言っているなよなよした、ただこのなよなよの内に強い、強靭《きょうじん》な日本人の精神がある。それを表象している。

先日亡くなりました台湾の元総統の李登輝《りとうき》氏が新渡戸稲造の『武士道』を若いころから愛読されてきました。李登輝氏が二〇〇六年に『武士道解題』という本を小学館から上梓《じょうし》しています。そこで日本人が自らの歴史と伝統を忘れてグローバリズムの嵐に翻弄《ほんろう》されている現代こそ、日本人の心を取り戻すべきだ、と新渡戸の書物を読み直す必要を説いています。まさにこの李登輝元総統のメッセージは今われわれがもう一度呼び起こさなければならないし、これが三島由紀夫の「文化防衛論」の中にも脈々と根付いている。三島がこの「文化防衛論」で書いていることは決して一人の作家の独創とか、芸術的な表現とか、何か強いオリジナリティーではなくて、実は日本人の中に育まれてきた自然な文化論であり、歴史論なのです。

第四章

集団の発見『太陽と鉄』

――精神と肉体のバランス

肉体改造を始めた三十歳

第四章は「文武両道の哲学を生きる」ということで主に『太陽と鉄』というエッセイをとりあげます。

今まで見てきましたように、三島由紀夫は、三十歳のころから、肉体を鍛える本格的なトレーニングを始めます。昭和三十年の九月からボディビルを始めボクシングや剣道を実践し、自らの鍛え上げた肉体、そして行動に力を注いでいきます。日本文化の継承、歴史の継承としての言葉による創作活動と、武士の魂の復活としての行動、この文武両道の死生観を文字どおり体現していく。

自らの肉体を鍛えていったその時期、創作活動のほうでは同年の一月から十二月まで代表作になる『金閣寺』が「新潮」に連載されています。小説家として最も脂の乗り切った時期に、三島自身が作家活動とともに肉体を鍛え始めたのは、昭和四十五年十一月二十五日のあの自決に至る、まさに「肉体の河」「行動の河」を作っていく。

三島自身が自らの「自己改造」、と呼んでいるのですが、自覚的に意識するのは、少し前になる。第一章で述べた紀行文『アポロの杯』に結実した世界一周の旅行です。

この船の上で三島は太陽との出会いを体験したわけですが、ハワイに近づくにつれて日光は強烈になり、船の上のデッキで三島は日光浴を始めます。それ以来日光浴は彼の生涯の習慣となった。三島由紀夫は夜仕事をし、昼ぐらいまで休んでいて、その後いろいろな人と会ったり打ち合わせをしたり、そして夜に原稿を書く、生涯そういった習慣を持っていました。若いころから体が病弱であり、虚弱な肉体であった自らを改造していこうと日がな一日、日光を浴びながら船の上で考えた。自分に余計なものは何であり、欠けているものは何であるか。余分なものとは明らかに感受性であり、欠けているものといえば何か肉体的な存在感とも言うべきものだった。太陽との出会いが三島の自己改造、肉体への意志というのをこの時期に形成していった。昭和二十六年ですから二十六歳ということになります。

そしてアメリカやヨーロッパよりも、やはりギリシャが三島の憧れであったこともすでに述べました。『アポロの杯』でもギリシャにやってきて、ただ終日酔ったような気持ちであった、と。古代ギリシャには精神などなく肉体と知性の均衡だけがある。精神こそキリスト教の忌まわしい発明だと思った、と書いています。この知性と肉体の均整は三島のその後のテーマになっていきます。

ギリシャ悲劇を愛した三島は、彼自身も優れた劇作者でありましたから、「**神々は人間**

的均衡の破れるのを絶えず見守っており、従って信仰はそこではキリスト教のような人間的な問題ではない」。こんなことも書いています。

ギリシャ思想の正しい解釈というよりは、古代ギリシャを通して、ニーチェが言ったアポロン的なもの、彫刻的、肉体的なものと、そしてディオニソス的なもの、陶酔的、音楽的なもの。アポロン的な意思とディオニソス的な陶酔、この二つの対立均衡の中に古典ギリシャ悲劇の本質がある。ニーチェが『悲劇の誕生』で書いていますが、三島もそういう感覚をこのギリシャの地において自覚した。この旅行は三島に大きな変化を与えて、彼は晴れ晴れとした心で日本に帰ってきた。

そして三島の肉体改造がいよいよ始まっていく。ヘンリー・ストークス（1938〜）という英国人のジャーナリストが、三島と親しく後年の時期に会っています。そのころはすでに非常に強靭な肉体を三島も持っていた。こんなふうに印象を書いています。

三島は身長は高くない。一六二センチほどだから、同世代の日本人に比べて平均より低いぐらいだ。背広を着たところはいわゆる中肉中背で肩も胸も特に張っているようには見えない。ただ、姿勢は常に軍人さながらにしゃんとしていた。

だが、全体としては、均整のとれた強そうな体軀だった。はだかになると、肩、腕、脚に筋肉が盛り上がり、そのほかにも骨細のからだに十分な筋肉がついていた。腰は引き締まり、腹は平たく強く、胸はウェイト・リフティングの効果を現して盛り上がり、力強かった。日本人には珍しくふさふさした胸毛があり、それは日本人のあいだでさかんに話題にされた。

三島の肉体の唯一の欠陥は、日本の男女に共通のことだが、脚の短いことだった。常に自分を嗤うゆとりのあった三島だが、この短足だけは一度もジョークにしたことがなかった。（ヘンリー・スコット＝ストークス『三島由紀夫 死と真実』徳岡孝夫訳）

実際三島が着た背広が山中湖の「三島由紀夫記念館」に飾られており、私も実際に取って見せてもらいましたが、やはりわりと小ぶりな印象を受けました。しかし熱心にボディビルをやり、剣道、空手、ボクシング等々のスポーツにも勤しんだ。

肉体と精神のバランス

今回お話しする『太陽と鉄』は、現在は岩波文庫から二〇一九年の五月にでた『三島由紀夫スポーツ論集』に収録されています。一九六四年の東京オリンピックの観戦記なども載っています。東京五輪についてはいろいろな文学者が書いていますが、中でも三島由紀夫のものは、やはり素晴らしい。昭和三十一年九月に書いた「ボディ・ビル哲学」という文章があります。

肉体的な逞《たくま》しさと精神美とは絶対に牴触するという信念は広く流布している。インドの苦行者のような骨だらけの体を、日本人は一種のアジア的感受性から、尊崇する傾きがある。

象徴や、世間の通念はそれでいい。しかし御当人に何が起るかという問題である。人間の肉体と精神は、象徴のように止っていないで、生々流転している。肉体と精神のバランスが崩れると、バランスの勝ったほうが負けたほうをだんだん喰いつぶして行くのである。痩せた人間は知的になりすぎ、肥った人間は衝動的になりすぎる。現代文明の不幸は、悉《ことごと》くこのバランスから起っている。

これは当たっていると思います。人間の存在は、この身体と精神とのバランスで決まる。心と体と言われていますけれども、このバランスが非常に重要です。この五十年の世界を見渡すと、日本だけじゃないですが、人間社会、文明社会はどちらかというと人間の知性に傾いています。養老孟司氏（1937〜）が『唯脳論』という本の中で「脳化社会」と表現しておりますが、人間の意識や脳が世界の中心と化した。コンピュータの世界であるし、SNSの世界でも、人間の身体や肉体的な存在感というよりは、この脳の、人間の意識の網目が情報化社会に転化して、それが世界中をめぐっているという状況です。そういう意味でこの精神と肉体という問題を、三島が一貫して追求していたというのは、興味深いと思います。「ボディ・ビルの哲学」でこんなことを言っています。

文士の例でいえば、面白いことに、戦後の破滅型の小説家、坂口安吾や田中英光の人並み外れた巨軀はもとより、太宰治もかなり頑丈な長身であった、三人とも体にはかなり自信があったので、肉体蔑視の思想にとらわれ、自分たちのかなり頑丈な肉体に敵意を燃やし、この肉体を喰いつぶすほどの思想を発明するために、生活をめちゃくちゃにしてしまった。彼らはわざわざ、むりやりにアンバランスを作り出したのである。

もっともこの三人とても、頑丈な体を持ちながら脳ミソの空っぽな作家に比べれば、どれだけ文学者らしいかわからない。

田中英光（1913～1949）は『オリンポスの果実』という作品があって、戦前のロサンゼルスオリンピックのボートの選手でもありました。太宰治は前にお話ししましたけど、三島は太宰を意識していて、直接太宰治に会って、あなたの文学は嫌いなんです、と言ったというエピソードもありました。

この人たちは戦後文学で無頼派とかデカダンスの文学と言われています。太宰の心中は有名ですが、実は田中英光もその後に太宰の墓の前で自殺をするんです。坂口安吾（1906～1955）もやはり頑丈な肉体を持っていましたが、ヒロポンとか麻薬とか酒で無理やりに痛めつけて、無理にアンバランスを作って、何か文学を書こうとしていた。

三島は無頼派と呼ばれる作家たちを意識していた。彼自身は体が弱かったし、自己破滅型ではなかったのですが、三島も最後は自決という死を選ぶわけですから、太宰と三島の比較なども肉体との関わりの中でしたら面白い。

肉体よりも先に言葉が訪れたという異常な体験

かくして三島は次第に健常な肉体を獲得していくというプロセスに入ります。それが『太陽と鉄』というエッセイに描かれています。『太陽と鉄』は「批評」という雑誌に連載され、昭和四十三年の十月に単行本として刊行されています。三島自身このエッセイは自伝的批評と述べています。

自伝的批評であり、『仮面の告白』と対になっているとも言っています。言うまでもなく『仮面の告白』は三島の戦後のデビュー作であり、書き下ろしの長編小説ですが、自らの内面、精神、不安、そういったものを、虚構の私小説によって告白した作品でした。この『太陽と鉄』は自らの精神と肉体のドラマを批評文で書いたものです。『太陽と鉄』の冒頭でこう書いています。

私の自我を家屋とすると、私の肉体はこれをとりまく果樹園のようなものであった。私はその果樹園をみごとに耕すこともできたし、又野草の生い茂るままに放置することもできた。それは私の自由であったが、この自由はそれほど理解しやすい自由ではなかった。多くの人は、自分の家の庭を「宿命」と呼んでいるくらいだからである。

あるとき思いついて、私はその果樹園をせっせと耕しはじめた。使われたのは太陽と鉄とであった。たえざる日光と、鉄の鋤鍬が、私の農耕のもっとも大切な二つの要素になった。そして果樹園が徐々に実を結ぶにつれ、肉体というものが私の思考の大きな部分を占めるにいたった。

まさに先ほど言ったように、三島は海外に出て、暗い洞窟のような自らの書斎を出て、外の世界に出て、ギリシャのアポロン的な世界に触れる。そして帰国して『潮騒』を書き、さらに自身の肉体改造を始めている。自分の母屋は暗い青春と言葉の世界であった。しかしやがて肉体の身体という身近にあるもの、これをせっせと耕し始めた。つまり肉体というものが「私」の思考の大きな部分を占める。ここから『金閣寺』以降の『豊饒の海』に至る三島の後期作品が生まれていきます。同時に三島由紀夫の行動も生まれていきます。『太陽と鉄』では、自分の幼時に思いをめぐらすと「**私にとっては、言葉の記憶は肉体の記憶よりもはるかに遠くまで遡る**」と書いています。不思議な言い方です。言葉の記憶のほうが肉体の記憶よりもある。自分は小さいころから祖母のところで育てられ、病床の祖母のそばに置かれて、いろいろな本を読んでもらったりしていた。特殊な、異常と言ってもいい環境でした。普通の子供らしく体を動かして、当時は戦争も始まってきますから、子供たちがおもちゃの刀を持って暴れまわったりする、鉄砲を持って走り回ったりする、そういう健康な男の子の身体というものを感覚できないでいた。言葉が先に自分の存在の中核にある。

まず言葉が訪れて、ずっとあとから、甚だ気の進まぬ様子で、そのときすでに観念的な姿をしていたところの肉体が訪れたが、その肉体はいうまでもなく、すでに言葉に蝕まれていた。

まず白木の柱があり、それから白蟻が来てこれを蝕む。しかるに私の場合は、まず白蟻がおり、やがて半ば蝕まれた白木の柱が徐々に姿を現わしたのであった。

私が自分の職業とする言葉を、白蟻などという名で呼ぶのを咎めないでもらいたい。言葉による芸術の本質は、エッチングにおける硝酸と同様に、腐蝕作用に基づいているのであって、われわれは言葉が現実を蝕むその腐蝕作用を利用して作品を作るのである。

まさに言葉というものが先に来て、徐々に自分の身体感覚、自分の存在感覚、そういったものが生まれてきた。十代から詩や小説を書いて、すでに言いましたけれども「花ざかりの森」という小説を十六歳のときに「文芸文化」という雑誌に発表しています。『十代書簡集』を読むと、十代の三島がいかに豊かな言葉を持っていたか、一方でその肉体の欠損といいますかその脆弱《ぜいじゃく》さを意識していたか、というのがわかる。

第一段階において、私が自分を言葉の側に置き、現実・肉体・行為を他者の側に置いていたことは明白であろう。言葉に対する私の偏見が、このような故意に作られた二律背反によって助長されたのもたしかであるが、同時に、現実・肉体・行為に対する根強い誤解が、このようにして形成されたのもたしかなことであった。

『潮騒』も三島由紀夫のある意味反対物と言いましたけれども『金閣寺』の中にも認識と行為とか、精神と行動といった問題として、二項対立が繰り返し三島文学の中では描かれてきた。そしてこの『太陽と鉄』において、自分が到達した一つの地点が述べられているのです。

……ずっとあとになって、私は外ならぬ太陽と鉄のおかげで、一つの外国語を学ぶようにして、肉体の言葉を学んだ。それは私のsecond languageであり、形成された教養であったが、私は今こそその教養形成について語ろうと思うのである。それは多分、比類のない教養史になるであろうし、同時に又、もっとも難解なものになるであろう。

前に紹介しましたが、石原慎太郎が『三島由紀夫の日蝕』で三島のボディビル以降の肉体改造の問題に触れて、これは非常に人工的な肉体であると批判的です。この『太陽と鉄』に関しても難解であり、あまりにも観念的である、と批判をしています。しかし三島由紀夫という個性的な作家の個の問題であると同時に、われわれの精神と肉体という極めて身近で、かつ普遍的な問題意識に貫かれている。面白いテキストだと私は思っています。

幼時、私は神輿の担ぎ手たちが、酩酊のうちに、いうにいわれぬ放恣な表情で、顔をのけぞらせ、甚だしいのは担ぎ棒に完全に項《うなじ》を委ねて、神輿を練り回す姿を見て、かれらの目に映っているものが何だろうかという謎に、深く心を惑わされたことがある。私にはそのような烈しい肉体的な苦難のうちに見る陶酔の幻が、どんなものであるか、想像することもできなかった。そこでこの謎は久しきに亙って心を占めていたが、ずっとあとになって、肉体の言葉を学びだしてから、私は自ら進んで神輿を担ぎ、幼時からの謎を解明する機会をようよう得た。その結果わかったことは、彼らはただ空を見ていたのだった。彼らの目には何の幻もなく、ただ初秋の絶対の青空があるばかりだった。しかしこの空は、私が一生のうちに二度と見ることはあるまいと思われるほどの異様な青空で、高く絞り上げられるかと思えば、深淵の姿で落ちかかり、動揺常なく、澄明と狂気とが一緒になったような空であった。

これは神輿を担いだときの体験にすぎないが、自分が小さいころ『仮面の告白』に出てくる、暗い閉じ込められた自意識の中にある少年が神輿を見たときと、やがて肉体の言葉を学びだして、自らが進んで神輿を担いだときに、いったい何を彼らは見ていたのか。いったい何がその陶酔感を与えていたのか。それは、秋の絶対の青空である。この異様な青空とは何か。

「絶対」と「死」

三島文学のキーワードはこの「絶対」という言葉です。『金閣寺』では金閣の美しさというものが、美が絶対の象徴になります。『豊饒の海』第一巻の『春の雪』は恋愛小説で、松枝清顕という二十歳で亡くなる学習院出身の青年が恋を不可能な絶対的なものに見る。『春の雪』は単なる恋愛小説ではなく、恋という感情の絶対性に殉死する、そういう青年の姿を描いています。

第二巻の『奔馬』では飯沼勲という少年が出てきて、昭和の維新を夢見るわけです。明治の神風連の乱に共鳴して、昭和の時代の腐敗した政財界の人間に対するテロリズムを敢行しようとするわけですが、国や日本に対する忠義を絶対と思って、最後は割腹するわけです。第三巻「暁の寺」の主人公はジン・ジャン＝月光姫というタイの王女様なんですが、これは女性のエロティシズムに絶対的な感覚を見出している。三島作品はこの常に絶対という神的な価値が描き出されています。

「文化防衛論」における天皇の純粋さ、文化概念としての天皇も、文学的に言えば三島の中にあるこの絶対の一つの置き換えと解釈することもできると思います。「太陽と鉄」ではそうした「絶対」として青空というのが出ています。

ちなみにもう一つこの青空で言えば昭和二十年八月十五日、終戦の日に、二十歳の三島が見たものです。最も感受性の強い歳に終戦を迎えた青年がそこに何を見たか。昭和天皇の玉音放送、その日にあった青空です。

そして、後年自ら鍛えた肉体、その身体を通して見るのはこういった絶対の姿です。昭和二十五年、世界旅行に行くときの船の上で自分は太陽と出会った、ということを書いていますが、『太陽と鉄』でも「**一九五二年に、私がはじめての海外旅行へ出た船の上甲板で、**

太陽とふたたび和解の握手をした」と書いています。

肉体を自らのものにして、自分が変わっていく、肉体の思想によって世界の見方、世界観が変わっていく、そういうところが出てくると思います。三島の文学が広さを持ち、しかし同時にある深い危機感、自分の中にある危機感も強く意識をするようになっていきます。


病んだ内臓によって作られる夜の思想は、思想が先か内臓のほんのかすかな病的兆候が先かを、ほとんどその人が意識しないあいだに形づくられている。しかし肉体は、目に見えぬ奥処《おくが》で、ゆっくりとその思想を創造し管理しているのである。これに反して、誰の目にも見える表面が、表面の思想を創造し管理するには、肉体的訓練が思考の訓練に先立たねばならぬ。私がそもそも「表面」の深みに惹かれたそのときから、私の肉体訓練の必要は予見されていた。

私はそのような思想を保証するものが、筋肉しかないことを知っていた。病み衰えた体育理論家を誰が顧るだろうか。書斎にいて夜の思想を操ることは許されても、蒼ざめた書斎人が肉体について語るときの、非難であれ讃嘆であれ、その唇ほど貧寒なものがあろうか。これらの貧しさについて私はよく知りすぎていたので、ある日卒然

と、自分も筋肉を豊富に持とうと考えた。

「表面」こそが深淵を内包する。精神と肉体の二元論であり、非常に興味深いところです。

こうしてすべてが私の「考え」から生れるところに、どうか目を注いでもらいたい。肉体訓練によって、不随意筋と考えられていたものが随意筋に変質するように、思考の訓練も、そういう変質を齎すことを私は信じている。肉体も思考も、一種の自然法則とさえ名付けたいような不可避の傾向によって、オートマティスムに陥りやすいものであるが、小さな水路を穿《うが》てば容易に水流を変えうることは、私がすでにしばしば体験したところである。

三島が肉体を鍛え始めた、筋肉を自ら所有したということは自然なことというよりは、「考え」から生まれたものだ。ですから、このことによって考える、つまり思考の訓練を変質していくだろう、つまり肉体の存在を増すことによって、思想のほうも変化していく。この二つの緊張関係というものが大事である。どうしても肉体も思想もオートマティスム、自然に流れやすくなる。そこで考えて意思を持って、小さな水路を穿てば水の流れは変わるんだ、ということです。

われわれの日常にとってもなるほどそういうことは多くある。人間はオートマティスムに陥りやすい、易きに流れるということですね。しかし一度それを留まって考え直して、あるいはそれを実践し実行していく、そういうプロセスをたどると、人間の存在の意味が新たな光の中に置かれます。三島のやっていることは決して特別なことではなく、もちろん三島の天賦の才、言葉が先に現れてしまったというようなことはあるにせよ、三島自身がここで肉体改造をやっているということは、人間が誰でもやればできる。努力と自分を変革しようとする強い全体的な思考があるか否かである。『太陽と鉄』は難解ではあるが、日常的な問題もはらんでいるエッセイだと思います。

物の本質は「敵」

「力の純粋感覚」を自分の体で体感する。それこそ私の思想の核となる予感があった、と『太陽と鉄』で言っています。ボディビルというのは筋肉を鍛えているわけで、ただ同時に体自体の柔らかさとか、動きとか、そういうものが筋肉が強くなることで逆に固まってくる。したがって体を柔軟にし動かすという意味での運動が必要になる。トレーニングをしたり、ボクシングをやったり、空手、剣道をやったりした。剣道は特に力を入れた。学習院のころ、戦前ですから、体育は剣道か柔道をやらされるわけです。三島は道場の剣士が出す気合の声、裂帛《れっぱく》の声「やー！」というのが少年のころには嫌でしようがなかった、あの声を聞くと虫酸が走った、と言っている。それが自己改造をして、剣道で裂帛の気合というやつを自らがやるようになります。その声が音声で残ってます。ちょっと枯れたそんなに低い声じゃないのですけど、三島の剣道のときの声を聞くことができます。『太陽と鉄』の中でも剣道についてはいくつか言及されています。自らの肉体をもって世界に相対すると、そこに何が出てくるか。拳法の拳ですね、「拳の一閃、竹刀の一打の彼方にひそんでいるものが」何か、と。

拳の一閃、竹刀の一打の彼方にひそんでいるものが、言語表現と対極にあることは、それこそは何かきわめて具体的なもののエッセンス、実在の精髄と感じられることからもわかった。それはいかなる意味でも影ではなかった。拳の彼方、竹刀の剣尖《けんせん》の彼方には、絶対に抽象化を拒否するところの、（ましてや抽象化による具体表現を全的に拒否するところの）、あらたかな実在がぬっと頭をもたげていた。

そこにこそ行動の精髄、力の精髄がひそんでいると思われたが、それというのも、

その実在はごく簡単に「敵」と呼ばれていたからである。

竹刀を揃えて立ち上がり構える、その自分の竹刀の向こう側、一打の彼方にひそんで相対している具体的なもののエッセンスと言っていますね。力の精髄という言い方をしている。敵である。相手である一つの剣を持ち、対峙《たいじ》したときに、敵と私は同じ世界の住人である。そして自分の目の前に敵がいる。この敵というのは具体的な存在感を持っています。実在と言ってもいい。

拳の一閃、竹刀の一打のさきの、何もない空間にひそんで、じっとこちらを見返すところの、敵こそは「物」の本質なのであった。イデアは決して見返すことがなく、物は見返す。言語表現の彼方には、獲得された擬制の物（作品）を透かしてイデアが揺曳し、行動の彼方には、獲得された擬制の空間（敵）を透かして物が揺曳する筈だ。そしてその物とは、行動家にとつて、想像力の媒介なしに接近を迫られるところの死の姿であり、いわば闘牛士にとっての黒い牡牛なのだ。

剣を持ちそこに対峙した、その向こうにいるのは敵であり、物の本質だと言っています。

これはイデアではない。イデアというのは、哲学者のプラトン（前427～347）の観念で、そのイデアによって存在をとらえると言った。イデアが物を普遍的に存在させている。たとえば赤という色は赤のイデア、観念があるから世界に赤が存在するんだという。哲学や言葉はもちろん文学もそうですが、イデアを前提にしている。三島はここにイデアと反対物、物の存在力、そこに突き当たる感覚、このことを自分の神聖な体験として書いています。見返す実在の本質ということです。

それにしても、私は意識の極限にそれが現われるのでなくては、容易に信じることができず、意識の肉体的保障としては、受苦しかないこともおぼろげに感じ取っていた。苦痛の裡には確かに或る光輝があり、それは力のうちにひそむ光輝と深い類縁を待っていた。

肉体の苦痛というのは、剣道で言えば打たれた瞬間の痛さとか、この受苦というものが肉体的保障として、逆に言うと自分の肉体の存在感として重要な要素になる。受苦の感覚はやがて死に至る。自らの肉体を破砕させる死につながっていくわけです。だからこの受苦を、重要な要素として取り出しています。

もともと、麻薬やアルコホルによる意識の混迷は、私の欲するところではなかった。意識が明晰なままで究極まで追究され、どこの知られざる一点で、それが無意識の力に転化するかということにしか、私の興味はなかった。それなら、意識を最後までつなぎとめる確実な証人として、苦痛以上のものがあるだろうか。たしかに意識と肉体的苦痛の間には相互的な関係があり、肉体的苦痛を最後までつなぎとめる確実な証人としても亦、意識以上のものはないのである。

ここは『金閣寺』の最後の叙述にも似ている。肉体の存在を意識がしっかりとつなぎとめるのだ、ということを言っています。これを読むと三島事件における、最後の切腹に三島ははっきりと方向を向けていたというのも意識できると思いますし、あの事件はもちろん自衛隊に向けてのメッセージでもあるわけですが、『太陽と鉄』で描かれている意識と肉体の問題、両者の相克、そういう哲学的な、そして人間存在の根本に関わるもう一つのテーマが見えてくる。

「死の太陽」

見ていくとこの『太陽と鉄』は次第に「死の哲学」に変化していく。「死の太陽」という言葉が出てきます。

行為における熱狂的な瞬間を、重い、暗い、いつも均質な、静的な筋肉群は、どのように知っていたであろうか。私は、いかなる精神的緊張のさなかにも、せせらぎのような流れを絶やさない、意識の清冽を愛していた。熱狂という赤銅が、意識の銀にいつも裏打ちされていることは、私だけの知的な特性だと考えることはもはやできなかった。それが熱狂をして熱狂たらしめる真の理由なのだ。なぜなら、私は、静的によく構成され押し黙っている力強い筋肉こそ、私の意識の明晰さの根源であることを信じはじめていたからである。時たま防具外れの打撃が筋肉に与える痛みは、すぐさまその痛みを制圧するさらに強靭な意識を生み、切迫する呼吸の苦しさは、熱狂によるその克服を生み、……私はかくして、永いこと私に恵みを授けたあの太陽とはちがったもう一つの太陽、暗い激情の炎に充ちたもう一つの太陽、決して人の肌を灼かぬ代りに、さらに異様な輝やきを持つ、死の太陽を垣間《かいま》見ることがあった。

精神と肉体の緊張感、三島がここで述べているような筋肉と痛みと意識の透明感です。こういったもののトライアングルの中に実は「死」という深い存在が、その態様が垣間見られることになっていった。文武両道の哲学というのは、「文」あるいは精神と、「武」、あるいは肉体という二つの調和対立の緊張感がもたらす危機感で、「死の太陽」を垣間見させることがある。そういう存在論的な緊張感をその人間の中にもたらす。三島が単に体を鍛えて健康になって良い小説を書くという、そういった今日の健康志向としての体を鍛える、というものとは真逆な意志が『太陽と鉄』から読み取れる。

われわれは健康であることに越したことはないけれども、その健康とはそもそも何かと考えていかないと、まさに現代の医療、医学における延命治療のようになりかねない。体が元気であればよい、病気をしなければ幸福である、死ななければいいという平和主義的な、人間主義的な価値観に呪縛《じゅばく》されすぎている。三島が突きつけている文武両道は、実は健康志向とは似て非なるものです。

武は「花」であり文は「造花」である

今日の人間主義的な健康志向に対する一つの否《いな》であり疑問符です。痛烈な批判とも受け取れるわけです。あまりにもわれわれは安易な健康志向に走りすぎている。だから今回のコロナに対する、もちろん必要な防衛策とか行動制限はあるとしても、自らの健康だけを考えるということが、死の真実というものを忘却させている。こういった問題も三島由紀夫の精神と肉体の哲学から、文武両道の哲学からは見てとれるところがあると思います。

私はかつて、戦後のあらゆる価値の顚倒《てんとう》した時代に、このような時こそ「文武両道」という古い徳目が復活するべきだと、自分も思い、人にも語ったことがある。それからしばらくの間、この徳目への関心は私から去っていた。徐々に、私が太陽と鉄から、（ただ、言葉を以て肉体をなぞるだけではなく）、肉体を以て言葉をなぞるという秘法を会得しはじめるにつれ、私の内部で両極性は均衡を保ち、直流電流は交流電流に席を譲るようになった。私のメカニズムは、直流発電機から交流発電機に成り変った。そして決して相容れぬもの、逆方向に交互に流れるものを、自分の内に蔵して、一見ます

ます広く自分を分裂させるように見せかけながら、その実、たえず破壊されつつ再びよみがえる活々とした均衡を、一瞬一瞬に作り上げる機構を考案したのである。この対極性の自己への包摂、つねに相拮抗する矛盾と衝突を自分のうちに用意すること、それこそ私の「文武両道」なのであった。

ここに三島由紀夫の文武両道の哲学の一番の特徴が出ていると思います。矛盾する精神と肉体、両者が分裂する、そういうことが起きる。しかし絶えずその矛盾を再び均衡に、バランスへと蘇らせる。一瞬一瞬作り上げる機構、そういう装置です。そういう機構を自分は作っていきたい。この対極性の自己への包摂ですね。常に相拮抗する衝突を自分のうちに用意する。これが大事である。

われわれの文明社会から消え去っているのは、この相対するものです。先ほどの言葉では敵という物の受託であり、物の実在性である。その矛盾とか葛藤《かっとう》を避けてしまう方向に流れていく。むしろ相対するもの、矛盾や葛藤や分裂を自ら引き受けてみせる、そういう一つの姿勢、そこが文武両道であると三島は言っています。

単に剣道をやったり空手をやったり運動したりということに価値があるのではない。自らが鍛えた筋肉、肉体が自分の精神にある変化をもたらし、また肉体によって言葉が葛藤を帯び、ときに矛盾を呈する、そういう精神と肉体の戦い、戦場を自分の中に用意する。それが人間のよりよく生きる方途である、生き方の一つの形を作れるというのが三島の生の哲学です。同時に生きる哲学は『葉隠』で申し上げたような、よく生きるためには常に死を考えなければならない。「武士道とは死ぬ事と見付けたり」というあの言葉に象徴される。

文学の反対原理への昔からの関心が、こうして私にとっては、はじめて稔りあるものになったように思われた。死に対する燃えるような希求が、決して厭世や無気力と結びつかずに、却って充溢した力や生の絶頂の花々しさや戦いの意志と結びつくところに「武」の原理があるとすれば、これほど文学の原理に反するものは又とあるまい。「文」の原理とは、死は抑圧されつつ秘かに動力として利用され、力はひたすら虚妄の構築に捧げられ、生はつねに保留され、ストックされ、死と適度にまぜ合わされ、防腐剤を施され、不気味な永生を保つ芸術作品の制作に費やされることであった。むしろこう言ったらよかろう。「武」とは花と散ることであり、「文」とは不朽の花を育てることだ、と。そして不朽の花とはすなわち造花である。

「文」と「武」とは矛盾するものであるし、この二つの原理がぶつかり合う。散る花と散らぬ花になる。人間の最も相反する二つの要求の実現する、二つの夢を一身に兼ねることになる。両極のものがそれぞれの意味を持ちうるのだ、ということです。

三島由紀夫が自らの肉体を晒《さら》した写真集『薔薇刑』を撮ったり、映画に出演したりしたことに一部の評論家たちや文学者は「お遊び」というか、「人気作家がそういったことをやりだした」というふうな印象を持ったようです。「楯の会」もそうだった。作家の余技とか「お遊び」のような印象を与えた。ところが三島にとっては、ここを読んでも明らかなように、この肉体改造、剣道、「楯の会」も本気中の本気だった。むしろその「武」のほうの実現によって、三島の「文」というものが逆に鍛えられて、新たな意味を帯びていった。

かくて「文武両道」とは、散る花と散らぬ花とを兼ねることであり、人間性の最も相反する二つの要求、およびその欲求の実現の二つの夢を、一身に兼ねることであった。そこで何が起るか？　一方が実体であれば他方は虚妄であらざるをえぬこの二つのもの、その双方の本質に通暁《つうぎょう》し、その源泉を知悉《ちしつ》し、その秘密に与《あずか》るとは、一方の他方に対する究極的な夢をひそかに破壊することなのだ。すなわち、「武」が自らを実体とし、「文」を虚妄と考えるときに、自らの実体の最終的な証明の権限を虚妄の手に委ね、虚妄を利用しようとしつつそこに夢を託し、かくて叙事詩が書かれたのであった。一方、「文」が自らを実体とし、「武」を虚妄と考えるときに、自らの最終的な仮構世界の絶頂に、ふたたびその虚妄を夢み、自分の死がもはや虚妄に支えられていないことに、自分の仕事の実体のあとには、すぐ実体としての死が接していることに気づかねばならなかった。それは、ついに生きることのなかった人間を訪れる怖ろしい死であるが、彼はそのような死ではない死が、あの虚妄としての「武」の世界には存在することを、究極的に夢みることができるのである。

難解なところです。今まで申し上げてきたことと重なると思います。「文」が自らを実体とし「武」を虚妄として考える。その虚妄は一つの意味を持ちうる。具体的に「かくて叙事詩が書かれたのである」と言うのです。詩は古来、抒情詩、劇詩、叙事詩などありま す。民族とか社会的集団の歴史的な事件とかを書きとめるのが叙事詩です。『オデュッセイア』とか『イーリアス』などもそうです。『平家物語』は琵琶法師が吟唱して源氏と平家の戦い、歴史の中の侍たちの姿を叙事詩として語り継いでいく。そういう意味では叙事詩は、「武」が自ら実体として虚妄としての「文」にエネルギーを託していた形式です。

そしてもう一つ自分の「文」としての仕事で考えれば、「文」は不朽の花、つまり造花であるという。「ついに生きることのなかった人間を訪れる怖ろしい死」、そのような文学者の永生的な、ずっと生きてしまう言葉の持っている恐ろしさというものを「武」が断ち切るであろう、そういう死。戦いの中に緊張の中に、人生の意味、文学の意味、というのも定着される。これが三島のここでの考えであると言っていいと思います。

集団の一員としての悲劇

「文」と「武」の中で叙事詩という言葉が出てきました。これは個人の作る文学というのではなくて、一つの集団、共同体、そこに根ざした歴史的なものです。三島が近代文学の作家として、個人としての自己を大事にしていたと思いますし、自意識をやはり出発点、原点にしてきた作家です。だから『太陽と鉄』の後半部を読んでいきますと、三島にとって自ら肉体を作り、その存在を自覚していく中で、「死」という問題が出てきたときに、個人の自己の死というだけではなくて、一つの共同体、集団というものが重要な要素として出てきます。

これが『太陽と鉄』の後半の一つのテーマになっていきます。それは三島自身が、すでに言いましたように、直接軍隊の生活をしていない。そして同世代の若者が多く戦争で死んだけれども三島は即日帰郷になり、勤労動員に出ましたが戦争には出ていない。そういう彼自身の戦後を生き延びた一青年としての負い目、それがあったでしょう。ですから、文武両道を考えていったときに、この集団というもの、個を超えた大きな連帯についてのテーマがせり出して行きます。

肉体の感覚を持ち、様々な行動の中で感じてきたもの、新鮮な生理的なもの、感覚、強烈な太陽の光や、絶対の青空といったそういう鮮烈な意識や感覚、これはしかしいったい何によってそういったものが保障されるのか。それは個人、個を超えたものではないだろうか、というそういう問題が出てきます。

かくて私は、軍隊生活の或る夏の夕暮れの一瞬の幸福な存在感が、正に、死によってしか最終的に保障されていないのを知った。

――もちろんこういうことはすべて予想されたことであり、このような別誂えの存在の根本条件は、「絶対」と「悲劇」に他ならないこともわかっていた。私が私自身に、言葉の他の存在の手続を課したときから、死ははじまっていた。言葉はいかに破壊的な装いを凝らしても、私の生存本能と深い関わり合いがあり、私の生に属していたか

らだ。そもそも私が「生きたい」と望んだときに、はじめて私は、言葉を有効に使いだしたのではなかったか。私をして、自然死にいたるまで生きのびさせるものこそ正に言葉であり、それは「死にいたる病」の緩慢な病菌だったのである。

自分にとって集団という存在、これは欠けていたものであった。しかし今自分はもう一度集団、あるいは集団の悲劇をこの肉体を持った自分として獲得しなおしたい、ということを言っています。

……それにしても、私の逸したのは集団の悲劇であり、あるいは集団の一員としての悲劇だった。私がもし、集団への同一化を成就していたならば、悲劇への参加ははるかに容易な筈であったが、言葉ははじめから私を集団から遠ざけるように遠ざけるようにと働らいたのである。しかも集団に融け込むだけの肉体的な能力に欠け、そのおかげでいつも集団から拒否されるように感じていた私の、自分を何とか正当化しようという欲求が、言葉の習練を積ませたのであるから、そのような言葉が集団の意味するものを、たえず忌避しようとしたのは当然である。いや、むしろ、私の存在が兆にとどまっていた間に、あたかも暁の光りの前から降りはじめている雨のように、私

の内部に降りつづけていた言葉の雨は、それ自体が私の集団への不適応を予言していたのかもしれない。人生で最初に私がやったことは、その雨のなかで自分を築くことであった。

最初のところと重なりますが、まさに言葉が最初にありあとから肉体が出てきた。三島は改めて、自分が逃したのは集団の悲劇であり、集団の一員としての悲劇だったと確認する。すでに紹介した三島の二つ年上で『戦艦大和ノ最期』を描いた戦中派の作家に吉田満がいます。戦艦大和の乗組員であり、奇跡的に生還して、まさに叙事詩を書く。小説でも単なる記録でもない。『戦艦大和ノ最期』という叙事詩は、日本人の戦いの集団の悲劇そのものを描いたものです。

三島はそういう集団の一員としての悲劇から免れた。免れたから戦後作家として生き、書いていった。しかし同時に『戦艦大和ノ最期』に三島が深く心動かされたように、彼自身の中にはこの悲劇への参加への見果てぬ希望が抑え難く長く蓄積していった。自分はいつも言葉を持って、肉体的な能力に欠けている、そのおかげで集団から拒否されているように感じる。『仮面の告白』を読むと非常によく表現されているが、それを乗り越えていく、そして何とか自分が一つの集団の中に同一化をしていく。こういう方向を三島がとっていった、と言えると思います。

具体的に言えば、「楯の会」を組織して、自衛隊に体験入隊したりしたのもそういう行動の表れでしょう。もとより「楯の会」も自衛隊の体験入隊も、かつての戦争の軍隊生活とは違うものであるし、『戦艦大和ノ最期』のような集団の悲劇ではない。ただそれを三島は何とか自らの中で味わおうという、必死の、そういう意味では「模索」としての、実践を晩年にやっていったのは確かだと思います。それが『太陽と鉄』の最後に描かれています。

同苦がもたらす「われら」という共同意識

個性の領域は踏み越えていく、集団の意思に目覚める。戦後の日本人は個人主義であり、個性を大事にする。類型的なものではない、独創が必要である。あの戦争は日本の封建主義的なつまり近代の未熟さがもたらしたものである、等々の進歩的知識人の日本批判、日本の前近代主義に対する批判、日本の集団主義に対する批判、ムラ社会的なるものに対する批判が様々に戦後されてきました。

それはそれで一つの意味を持ったと思います。三島はそういうものが次々に消し去られて、特に高度経済成長と物質主義の中で消し去られていく時代を生きた。つまり共同性とか集団性の深い意味、そこにみなぎっている場合によっては死を決意する人間の強い意志が失われていった。これに対する深い失望と絶望があった。ですから個性というものを大事にするばかりに、本当の意味での個の精神力、個の持っている肉体力、存在感というものを日本人は戦後に失っていった。

『文化防衛論』でいう「文化主義」ばかりになった。つまりプラザの噴水のような、本当のエネルギーのある血みどろの母胎から切り離されてしまったべとべとした文化主義になり果ててしまった。こういう堕落への一貫した批判が『太陽と鉄』にもある。ただ批判するだけでなく、自ら体を鍛え、自ら集団というものを夢見ること、それを架構する中で自らの存在を、その内部に滑り込ませようとした。それが最後の五年間の三島の「武」の営みだった、と思います。『太陽と鉄』の最後でもこのことが繰り返されています。「同苦」の概念が集団を支えるのに非常に重要なものであると言っています。

なぜなら「同苦」こそ、言語表現の最後の敵である筈だからである。一著作家の心の中で、サーカスの巨大な天幕のように、星空へ向ってふくらまされた世界苦《ヴェルトシュメルツ》も、ついに同苦の共同体を創ることはできぬ。言語表現は快楽や悲哀を伝達しても、苦痛を

伝達することはできないからであり、快楽は観念によって容易に点火されるが、苦痛は、同一条件下に置かれた肉体だけが頒ちうるものだからである。

肉体は集団により、その同苦によって、はじめて個人によっては達しえない或る肉の高い水位に達する筈であった。そこで神聖が垣間《かいま》見られる水位にまで溢れるためには、個性の液化が必要だった。のみならず、たえず安逸と放埒と怠惰へ沈みがちな集団を引き上げて、ますます募る同苦と、苦痛の極限の死へみちびくところの、集団の悲劇性が必要だった。集団は死へ向って拓かれていなければならなかった。私がここで戦士共同体を意味していることは云うまでもあるまい。

日本の戦後に失われたのは、この戦士共同体的な意志であり、その集団の持つ幻想だったと言ってもいい。共同幻想という言葉がありますが、それが失われていった。それを現実に取り戻すということは難しいことも、市ヶ谷の事件をすでに前提にして考えていたと思います。自衛隊があそこで三島たちとともに立ち上がらないのも百も承知だった。もっと言えば、その後の日本人が半世紀も憲法改正できなかったことも予感していたかもしれない。『太陽と鉄』の最後では戦士共同体的な共同幻想に至る。『太陽と鉄』の最後は次のように結んでいます。ある朝、日の丸を染め出した鉢巻をしめて走っている、自分の姿からのところです。

心臓のざわめきは集団に通い合い、迅速な脈搏は頒たれていた。自意識はもはや、遠い都市の幻影のように遠くにあった。私は彼らに属し、彼らは私に属し、疑いようのない「われら」を形成していた。属するとは、何という苛烈な存在の態様であったろう。われらは小さな全体の輪を以て、巨きなおぼろげな輝く全体の輪をおもいみるよすがとした。そして、このような悲劇の模写が、私の小むつかしい幸福と等しく、いずれ雲散霧消して、ただ存在する筋肉に帰するほかはないのを予見しながらも、私一人では筋肉と言葉へ還元されざるをえない或るものが、集団の力によってつなぎ止められ、二度と戻って来ることのできない彼方へ、私を連れ去ってくれることを夢みていた。それはおそらく私が、「他」を恃んだはじめであった。しかも他者はすでに「われら」に属し、われらの各員は、この不測の力に身を委ねることによって、「われら」に属していたのである。

かくて集団は、私には、何ものかへの橋、そこを渡れば戻る由もない一つの橋と思われたのだった。

この「われら」という言葉は重要だと思います。この「われら」という共同意識、これを日本人は戦後七十五年失い続けてきたからです。三島は戦後二十五年、四半世紀の時点で、このことをもう一度警鐘を鳴らした。『太陽と鉄』は三島由紀夫という極めて特異な作家の告白的自伝であるとともに、その作家の個を超えた、人間の在り方、精神と肉体の緊張関係、個人と集団、自己と共同幻想という様々な問題を突きつけているテキストだと思います。

読者を崖っぷちまで連れてみせるのがいい文学

さて、『太陽と鉄』に関連して最後にもう一冊のテキストを出しておきます。「若きサムライのための精神講話」という昭和四十三年に雑誌「パンチＯｈ！」に連載されたものです。本は『若きサムライのために』で昭和四十四年の七月に刊行されています。そのあとがきで三島はこう言っています。

（このエッセイは）つとめて現代の若い人たちの耳に入りやすいように、砕けた表現で、精神や道徳の問題を語ろうとしたものである。精神というものは、あると思えばあり、

ないと思えばないようなもので、誰も現物を見た人はいない。その存在証明は、あくまで、見えるもの（たとえば肉体）を通して、成就されるのであるから、見えるものを軽視して、精神を発揚するという方法は妥当ではない。行為は見える。行為を担《にな》うものは肉体である。従って、精神の存在証明のためには、行為が要《い》り、行為のためには肉体が要る。かるがゆえに、肉体を鍛えなければならない、というのが、私の基本的考えである。

わかりやすいですね。精神というものは目に見えないものである。しかしそれはあるんだ。それをどういう形で表すかというと行為である。そして、行為のためには肉体が不可欠である。かかるが故に肉体を鍛えなければならない、というのが自分の基本的な考えだと。『太陽と鉄』は難解で哲学的な本ですけれども、三島が究極的に言おうとしているのはこういう明晰な前提だと思います。同じくあとがきで、こう言っています。

文字《もんじ》によっても言説によっても、もちろん精神は表現されうる。表現されうるけれども、最終的には証明されない。従って、精神というものは、文字の表現だけでは足りない。これが私自身の、当然導かれた結論であるが、こうした結論には、戦中戦後

の知識人の言説というものがいかにたよりなく、いかに最終的な責任をとらなかったか、ということを、わが目で確かめてきた私の経験が影響している。

戦後だけではありません。戦中あるいは戦前の知識人が言葉では言うけれども、文字で書くけれども、それで精神を表現したように思っているけれども、それでは十分ではない。その結論が証明されていない。知識人はよく言説を変えてしまう。変節する。時代によってがらっと変わってしまう。特に戦中と戦後はそれが大きかった。戦前戦中に皇国史観を言っていた教師たちが戦後になってそれをすべて否定して、民主主義、平和主義を唱えた。三島より若い子供たちはそういうのを経験したし、もちろん三島自身もそれを見ていたし、戦中戦後の知識人の言説の頼りなさを見た。だからこそ、自分はきちんと表現し、そして最終的にそれを証明する、そのことが大事だということです。『行動学入門』にもつながっています。この「若きサムライのための精神講和」の中で、まさに文武両道とちょうど対になる記述があります。「文弱の徒について」という文章です。文学は、美しい物語や、清純な恋愛などを描いている。あるいは人生に不満を持った人がそういうものに憧れたりする。けれども文学の本質はそうではない。

しかしほんとうの文学とはこういうものではない。私が文弱の徒にも最も警戒を与えたいと思うのは、ほんとうの文学の与える危険である。ほんとうの文学は、人間というものがいかにおそろしい宿命に満ちたものであるかを、何ら歯に衣着《きぬ》せずにズバズバと見せてくれる。しかしそれを遊園地のお化け屋敷の見せもののように、人をおどかすおそろしいトリックで教えるのではなしに、世にも美しい文章や、心をとろかすような魅惑に満ちた描写を通して、この人生には何もなく人間性の底には救いがたい悪がひそんでいることを教えてくれるのである。そして文学はよいものであればあるほど人間は救われないということを丹念にしつこく教えてくれるのである。そして、もしその中に人生の目標を求めようとすれば、もう一つ先には宗教があるに違いないのに、その宗教の領域まで橋渡しをしてくれないで、一番おそろしい崖っぷちへ連れていってくれて、そこで置きざりにしてくれるのが「よい文学」である。

文学というのは、小説を読んで美しい気持ちにさせたり、疑似恋愛を経験したり、満足できない今の人生を慰めてくれるような、そういうものは二流の文学である。本当の文学は恐ろしい。まさに読者を崖っぷちまで連れて行く。そこで崖から飛び降りるか引き返すか、そういうことを真剣に考えさせるそこまで人生を追求する、生きるということを追求してみせる。当然そこには人間の救いがたい悪や、恐怖や、絶望や、様々なものが波打っている。その波打っている世界を美しい言葉や心をとろかすような場面で描き出す。これが「文」の魅力である、というのです。

今後「命をかける」機会は増える

もう一つ「勇者とは」という章があります。「武」について非常にわかりやすく言っている。当時、一九六〇年代後半ですが、全共闘運動などの学生運動が激しく行われていたことを背景にして書かれています。

極端な例が三派全学連であるが、こん棒をふりまわしても破防法はなかなか適用されず、一日、二日の勾留で問題は片づいてしまう。しかもおまわりさんは機動隊の猛者といえども、まさかピストルをもって撃ってくる心配はないので、幾らこちらが勇気をふるって相手をやっつけても、強い相手が強い力を出さないで、あしらって一緒に遊んでくれるのである。幼稚園と保母のような関係がそこにあるといえよう。

したがって、いまの日本では勇者が勇者であることを証明する方法もなければ、不

勇者が不勇者であることを見破られる心配もない。最終的には、勇気は死か生かの決断においてきめられるのだが、われわれはそのような決断を、人には絶対に見せられないところで生きている。口でもって「命をかける」と言い、口で「何のために死ぬ」ということを言うことはたやすいが、その口だけが口だけでないかを証明する機会は、まずいまのところないのである。

この最後のところは象徴的です。「口でもって『何のために死ぬ』と言い、口で『命をかける』ということを言うことはたやすいが、その口だけが口だけでないかを証明する機会は、まずいまのところないのである」。三島自身この六〇年代後半の政治運動、学生運動を見ながら、戦後の日本に対して本当に命をかける、その「武」の原理を貫徹する。言葉はまさに行動で示してみせるということではないだろう。

ただあれから半世紀経って、「まずいまのところないのである」と三島が言ったけれども、日本の今の状況を見てみると、いよいよそうではないだろうと思われる。われわれが今この危機の中で、コロナというのは一つの危機の形でしかないと思いますけれども、言っていることとやっていること、そういう問題が突き詰められてくるだろうと思います。われわれが自分たちが今まで持っていた共同体の崩壊とかを体験しながら、では何のために生きるのか、何のために自分が生きているのか、という問題を個人としても集団としても突きつけられる。まさに危機だからこそ、ごまかしていくができなくなっている。

日本人はいよいよ今日、三島が言っていた勇気の問題、死と生の問題、精神と肉体の問題、一人の文学者として、一人の侍の意識を持った文人として語ってきた問題を突きつけられている。

文武両道の哲学を再発見せよ

三島由紀夫は自決の年すなわち昭和四十五年の夏に「果しえていない約束——私の中の二十五年」という文章を書いています。これはサンケイ新聞昭和四十五年七月七日に出たものです。最後を次のように結んでいます。

私はこれからの日本に大して希望をつなぐことができない。このまま行ったら「日本」はなくなってしまうのではないかという感を日ましに深くする。日本はなくなって、その代わりに、無機的な、からっぽな、ニュートラルな、中間色の、富裕な、抜目がない、或る経済的大国が極東の一角に残るのであろう。それでもいいと思ってい

る人たちと、私は口をきく気にもなれなくなっているのである。

平成の三十年間は、ある経済的大国を含めた「日本」がなくなっていく時間であったと言っても過言ではない。「日本を取り戻す」と言って、七年九か月、憲政史上最も長期にわたって宰相を務めた政治家も、ナショナリストである以上にグローバリストであった。日本を取り戻してはいない。むしろ日本がなくなる危機が深まっている。三島が「このまま いったら『日本』はなくなってしまうのではないかという感を日ましに深くする」と言って五十年経て、今の日本はどういう状態なのだろうか。グローバリズムの負の部分はすでに言いましたが、コロナウイルスの世界的拡大、パンデミックによってその負の恐怖が突きつけられました。しかし、すでにコロナの以前に、日本はアメリカを軸とする、グローバルな金融経済に翻弄されてきた。新たな国家形成をなすこともなく、この三十年、いや五十年間も、漂流し続けてきた。

平成十四年に五十二歳で亡くなった坂本多加雄《たかお》（1950〜2020）という政治学者がいます。この坂本氏が二十一世紀に入ってすぐに、日本は新たな国家形成が必要だということを言っています。「グローバル化が進み、国境を越えたボーダレスなモノやカネが動き、国民国家の時代はもう終わりつつある、などというのは全くの幻想である」と言っています。

まさにグローバル、グローバルと言われたときに、坂本氏は、日本は古代の時期、明治維新に続く第三の対外的な意味での国家の形成期を迎えているのではないかと言っています。これは平成十三年の三月に衆議院の憲法調査会での報告で坂本氏が言った言葉です。この言葉に真剣に耳を傾けた政治家はどれほどいるんだろう、と思わざるをえない。国家形成を、このグローバリズムの影、負の部分の中で考えざるをえないし、真の日本を取り戻すとなれば、三島が半世紀以上前の『文化防衛論』や『行動学入門』、あるいは自伝的告白としての『太陽と鉄』から読み取れることを、つまり集団のあり方、精神と肉体の葛藤の問題、そういうところから掘り起こしていって、日本と日本人のあるべき姿、個人と国家の再生が求められていると今、考えるわけです。

三島はこの戦後社会において古い過去の徳目、文武両道という言葉、それに新しい意味を吹き込んだのではないかと思います。「日本文学小史」の中で『古事記』を取り上げたところに日本文学の源流としての詩と政治の一致と分離の問題を、倭建命《やまとたけるのみこと》の神話などを通して論じています。父親である景行天皇の命を受けて、倭建命は部族の討伐などの武勇を発揮する。

それゆえに父親の帝から恐れられて、遠ざけられるという運命を担います。その猛々しさの中に、景行天皇は皇太子となるべき倭建命の中に神人的な性格を見る。三島由紀夫はこの倭建命の中に、神的な天皇があって、そしてそれを退けた帝、景行天皇の中には人間的であり、統治的な天皇を見る。死と暴力が倭建命の中にあり、倭建命は戦野に最後死ぬわけです。そしてその魂が白鳥になって昇天する。三島は『古事記』のこういう神話の中に政治と詩の問題、「文」と「武」の戦いと均衡と、緊張とダイナミズム、それを見ています。日本の最も古い歴史神話、天皇という日本の最も古い超越的な価値の中に演じられたのがこの「文」と「武」の戦いであった。このことを「日本文学小史」でも語っています。この「文」と「武」の力とエネルギーを、三島はあるべき天皇の姿として『文化防衛論』でも語っていたわけです。この文武両道の哲学は戦前、あるいは明治以前の武士の時代の『葉隠』だけではなくて、日本の歴史の最も原点である『古事記』の中に、倭建命の神話の中に文武両道のドラマとして描かれている。日本人が今こそ再発見すべきものがこの哲学の中にはあるだろうと信じています。

あとがき

本年令和二年は、三島由紀夫が昭和四十五年十一月二十五日に、市ヶ谷の自衛隊駐屯地で自決してから五十年目に当たる。作家の生涯が四十五年であったことを思えば、この歳月は決して短くはない。いやこの半世紀を経ても、三島由紀夫という作家は一貫して忘れ去られることはなく、没後に生まれた世代の多くの読者の共感を得て、作品が読み継がれていることは驚きである。

伝えられるところによれば、三島は自決の日の朝に、「限りある生命なら、永遠に生きたい」と書き遺したというが、彼の願ったとおり、三島由紀夫は今日も「生きている」と言ってよい。

しかし何故、どうしてなのか。もちろん小説・戯曲・評論などの、その豊穣な文業の成果の故であるとはいえよう。彼の文学の魅力について、いろいろと挙げてみることはできる。

ただそれでもなお謎は残る。活字文化が衰退し、グローバリズムと情報化社会の中で、文学そのものが消滅しかかっている現在において、その文学者としての存在感が不気味と言っていいほど光を放って止まないのは、何故なのか。

その答えを求めるとき、作家の早い晩年に結実した三つの作品が浮かび上がる。本書で取り上げた『文化防衛論』『太陽と鉄』そして『行動学入門』である。言うまでもなくこの三冊は小説（創作）ではない。

この時期、三島はライフワーク『豊饒の海』を始め後世に残る多くの戯曲などを書いている。そして、その創作のすべてが、あの「昭和四十五年十一月二十五日」という極点に向けて、疾風のように走っていく。作家の人生の時間が渦巻きながら、その底に一点のブラックホールのような「死」が現れる。その「死」の暗黒へと吸い込まれていくおびただしい言葉は、作家の肉体の消滅の瞬間とともによみがえり、現在の時を突き刺す無数の光の雨となってこちら側へと降り注ぐ。三島の没後にその作品世界に接した読者は、だから半世紀という永くそして須臾《しゅゆ》の時間の中で、その言葉の光輝の中へと佇《たたず》む。

くだんの三冊は、その文学と行動の秘密を解き明かしてくれるだろう。そのためにはこのテキストを三位一体的に改めて読み抜くことが求められる。筆者としては、自身もまた五十年前のあの日を境として、三島由紀夫の人生と文学を知り、その魅惑と謎にとらわれてきた一人として、その解説をここで試みた。

新型コロナウイルスの災厄は、様々な問題を突きつけているが、本文で述べたように、とりわけ日本人にとっては、戦後七十五年間も永らく続いてきた「生命至上主義」のあり方に、大いなる疑問を呈してみせたのではないか。生命さえあればいい、生き延びさえすればよい。何よりも健康が第一である。そんな風潮の瀰漫《びまん》のなかで、われわれは老いも若きも「心の死」を体験しつつある。三島の「文武両道」の哲学こそ、だから今よみがえるべきであると確信する。

このような機会を与えていただいたビジネス社社長・唐津隆氏に、そして熱心に粘り強く伴走していただいた同社の佐藤春生氏に心より感謝したい。本書が今日の、日本と日本人を考えるための思索として、若い世代に一つのバトンとなって伝われば幸いである。

富岡　幸一郎

令和二年　十一月四日

はじめて三島を読む人のための
ブックガイド

『花ざかりの森』（一九四一年）

作家・三島由紀夫がここに誕生した。わずか十六歳の少年による驚くべき早熟のロマンである。学習院の中等科の生徒であった平岡公威は、昭和十五年八月に「花ざかりの森」を起稿し、翌十六年に日本浪曼派の同人誌「文芸文化」にこの小説を連載する。このとき恩師清水文雄によって「三島由紀夫」という筆名が与えられた。この作品は戦時下、昭和十九年十月に短篇集『花ざかりの森』として七丈書院から刊行された。もし平岡公威が学徒出陣して戦死したとすれば、その天賦の才能はこの一冊に永遠に封じ込められたであろう。

語り手の〈わたし〉の祖先への〈憧れ〉の物語であるが、三部に分けられた小品の最後には、この作家の生涯を貫くモチーフの響きが伝わってくる。

「……生がきわまって独楽の澄むような静謐、いわば死に似た静謐ととなりあわせに。……」ライフワーク『豊饒の海』のラストを奇しくも思わせる。三島文学における「海」のイメージもよくあらわれており、そのロマンティシズムは以後の作品世界にも共有される。

このころ、平岡少年は詩人を夢見ており、『十五歳詩集』も編むが、この物語風小説を書き小説家としての歩みを自覚し、以後次々に作品を発表する。幼いころより、日本の古典文学に親しみ、西洋のロマン主義文学を吸収していく天才の刻印を、この処女作に見ることができる。

『三島由紀夫　十代書簡集』（一九九九年）

筆者は一九九八年に、三島由紀夫が学習院の中等科・高等科時代に同校の先輩であり、ともに同人誌「赤絵」（昭和十七年刊）を刊行した東文彦（本名・東健）に宛てた多くの書簡を入手することができた。それまでこの十代書簡の一部は紹介されていたが、その全貌《ぜんぼう》は明らかにされておらず、実際に「平岡公威」の本名による多量のハガキや封書を眼前にして、驚愕《きょうがく》するとともに深い感銘を受けた。そこには「花ざかりの森」を発表したころの三島の文学的青春が、戦時下にもかかわらず、いや戦争の死の影の下であるからこそ、木漏れ日のように輝いているからである。五歳上の東文彦との文通は、早熟の天才であった三島にってどれほど大きな励ましと勇気となったことだろう。ハイティーンの少年の書いた手紙とは到底信じられないその文面は、感情の純粋さがあふれ、戦争の時代を生きた世代の刻印がある。その意味ではこの書簡集には、ひとり三島由紀夫の個性の光輝にとどまらず、戦中派世代の死生観を垣間見ることができるのである。

東文彦は文学的先輩としての文才を示していたが、昭和十八年十月に結核で二十三歳の生涯をとじる。自決を前にした三島は昭和四十五年秋、東の遺作を編集解説し、翌四十六年三月『東文彦作品集』が刊行された。この書簡集には、言葉が肉体よりも先に現れたという作家の真実が刻まれており、それが深い友情によって支えられていたことを物語っている。

『仮面の告白』（一九四九年）

『仮面の告白』は、三島の戦後文壇への登場を決定づけた作品である。大蔵省に勤務していた三島は、河出書房よりこの書き下ろしの長編小説の依頼を受けて、筆一本で生きることを決意する。昭和二十四年七月に刊行されるや話題となり、戦時中に日本浪曼派の天才少年作家であった三島は、戦後文学の代表的作家として生まれ変わった。

主人公の「私」の幼年期の記憶から始まるこの作品で、三島は虚構の「ヰタ・セクスアリス」を描くとともに、二十歳で日本の敗戦をむかえた自身の心象も巧みに取り入れている。太宰治の『人間失格』が敗戦がなければ書かれなかったように、『仮面の告白』も戦争・敗戦を経て初めて書かれた作品であろう。

十三歳のときに「聖セバスチャン」の殉教の絵を見た「私」は、その肉体の輝きと死の悲劇的なものに異様な陶酔を感じる。このとき彼は自慰の悪習を覚え、それは級友の近江という少年に対する同性愛的な感情へとエスカレートする。性的倒錯者として自覚しつつ、友人の妹である女性との恋愛を試みるが、それも失敗に終わる。仮面をつけての「告白」。自己を語ることを文学的な価値とする日本の私小説を逆手にとった、虚構の「私小説」ともいうべき新しいスタイルの作品であり、三島文学の代表作であり、戦後日本文学を切り拓く小説となった。

「真夏の死」(一九五二年)

昭和二十六年十二月、三島は朝日新聞の特別通信員として、北・南米、欧州旅行に出発する。翌年五月に帰国した三島は、当時はまだ外遊がめずらしい時代なので文士が「おみやげ小説」として外国のことを書くならいを拒み、十分な準備をして伊豆の海岸で起きた事故を素材にして百枚ほどの小説「真夏の死」を書く。

女主人公の生田朝子はA海岸で、ふとした気のゆるみのために一度に二児と、その子供たちの義妹を溺死《できし》事故で失ってしまう。朝子の衝撃と悲しみは深かったが、日常生活の中で、その心の傷は少しずつ恢復《かいふく》していくかに見える。二年後、夫婦には新しく女児が誕生する。そして朝子は、悲しくいまわしい記憶の場所であるA海岸に再び訪れてみたい、と夫に言い出す。夏のたけなわ、あの日と同じように海は青い空と雲の下にひろがっている。朝子のかたわらに立つ夫は、そのとき彼女の何かを「待っている」放心したような表情を見て、言葉を失う。

朝子が「待っている」もの、それは悲劇の絶対性であろう。十五歳の折に書いた詩「凶ごと」には、「わたしは夕な夕な／窓に立ち椿事を待った――わたしは凶ごとを待ってゐる／吉報は凶報だつた」と記されている。死と悲劇的なものへの心性、三島文学の通奏低音であり、「真夏の死」はその鮮烈な風景画である。

『潮騒』（一九五四年）

書き下ろしの長篇小説として昭和二十九年六月に刊行された『潮騒』は、青春小説として多くの読者を得てベストセラーとなり、映画化もされ、三島は一躍人気作家となった。

歌島という小さな島の若く逞しい漁夫と美しい乙女の恋の物語であるが、ここには三島のギリシャ旅行での体験、古代ギリシャのアポロン的な健康さ、その肉体美への憧憬が描きこめられている。世界一周旅行の紀行文として『アポロの杯』を昭和二十七年に刊行した三島は、その中でギリシャ人は「外面」を信じたと言い、「キリスト教が『精神』を発明するまで、人間は『精神』なんぞを必要としないで、矜らしく生きていたのである」と記している。

ここから三島の肉体への志向が始まった。筋肉と躍動。力と行動。内面の暗い洞穴を出て、明るい太陽と海へと、作家はしかしまず言葉でもってその世界を描き出す。『潮騒』は作家自身が「肉体」を獲得するために、まさしく自己の反対物を創りあげようとした作品であった。

歌島は伊勢湾に浮かぶ神島をモデルにしている。島の灯台の立っている断崖《だんがい》の下には、伊良湖水道の海流の響きが絶えず、三島はこの島で原稿を書きながら、作家としての世間的な成功よりも、さらに先にある自らの生死のドラマを予感していたのかもしれない。『潮騒』刊行の翌年、昭和三十年九月三島はボディービルを開始する。彼自身の内なる文武両道の始まりであった。

『金閣寺』（一九五六年）

昭和二十五年七月二日、国宝・金閣寺は寺の青年僧によって放火され全焼する。三島の代表作『金閣寺』はこの事件に材をとり昭和三十一年に書かれた。

主人公の青年僧・溝口は、年少のころから吃音《きつおん》のため劣等感の強い、内向的な青年であり、父の遺言で金閣寺の従弟となる。溝口は初めは金閣を美しいと思わなかったが、やがて太平洋戦争の激化の中、空襲によっていずれ金閣も灰になるだろうという思いが、その破滅の「美」への意識が、自分と金閣とを親しいものにする。しかし、戦争の終結とともに、この関係は消え、溝口は金閣を焼くことを決心する。

『金閣寺』は、美と倫理というテーマが、一つになって展開された作品であり、金閣という美の象徴は、また「絶対」という宗教的な観念にも置き換えることができよう。昼の光の中でも、夜の闇の奥にも、金閣は常にその美しい形姿を現す。三島の華麗な文体は、この金閣の多様な美しさを様々な比喩《ひゆ》表現で描き出す。

モデル小説のかたちを取りながらも、作家のオリジナリティが最大限に発揮され、作者の人生観と、時代に対する鋭い批評意識が交差したというところで生まれた作品である。その意味では、これは三島における「戦後」の総括である。

「サド侯爵夫人」(一九六五年)

三島の文学的遺産の中で戯曲は今日もその新鮮な輝きを失っていない。自決の直前にも「音楽や建築に似た戯曲というものの抽象的論理的構造の美しさは、やはり私の心の奥底にある。『芸術の理想』の雛形であることをやめない」と語っていたが、劇作家・三島由紀夫は二十世紀の演劇史に残る存在である。

『近代能楽集』や『椿説弓張月』など古典に材を取った名作があるが、現代劇としては『サド侯爵夫人』が、三島戯曲の頂点である。澁澤龍彦の『サド侯爵の生涯』を読んだとき、サド自身よりも、サド夫人のうちにドラマになるものをみとめたという三島は、獄中にあったときは夫サドに終始一貫つくしていながら、サドが老年に及んで初めて自由の身になると、とたんに別れてしまう、その謎の解明を試みている。しかし、それはたんにサド夫人の心理をたどろうとしたものではなく、そこでは夫人を通して、舞台の上にはついに一度も現れない怪物サドその人の謎に肉迫する。夫人とその母親、サド夫人の妹やその他の女性ばかりの登場人物の中心には、巨大なブラックホールのようなサドという悪の神秘があり、三島はそのサド侯爵の暗黒の世界を、舞台の光の中に浮かびあがらせる。三島没後、フランスでも上演されたこの戯曲には、近代以降のこの国の演劇における西洋化の、最も成功した事例を見ることができるだろう。

「憂国」（一九六一年）

「憂国」は短篇小説であるが、三島由紀夫の人と文学を知るうえで欠くべからざる作品である。作家は「もし私の小説を一編だけ読んでみたいという人があったら」この一篇を読んでもらえれば「私という作家のいいところも悪いところも」わかってもらえるだろうと言った。

昭和十一年の二・二六事件の三日後、叛乱軍に加入するか否かを悩み皇軍相撃の事態を前に痛憤し、自宅で軍刀で割腹自殺を遂げる近衛聯隊の中尉と、その妻の自刃を描いた作品である。三島が二・二六事件に異様な関心を抱いていくことになる最初の作品であるが、二・二六事件という背景をのぞけば、この小品には究極的な「愛と死の光景」という、三島文学を一貫するテーマがある。昭和二十年八月、終戦の夏に二十歳の三島が執筆した短篇「岬にての物語」は若い男女の美しい心中の物語であるが、これは「憂国」と同一の主題をロマンふうに描いた作品である。

作家は「悲しいことに、このような至福は、ついに書物の紙の上にしか実現されないのかもしれない……」と昭和四十三年の新潮文庫の自選短篇集の解説に記したが、その二年後、作家はその肉体と行動の一致点としての「死」を、自衛隊において実践した。昭和四十一年六月刊行の単行本『英霊の聲』に、戯曲「十日の菊」とともに二・二六事件三部作として「憂国」は収録され、同作はまた自作自演の映画にもされ、その映像の衝撃は海外へも拡がった。

『豊饒の海』四作部（一九七〇年完結）

三島はこの大長篇を、自分が作家になって以来書きたいと願ってきた「世界解釈の小説」として構想した。第一巻『春の雪』の冒頭は日露戦争のころであり、最終巻の『天人五衰』の最後は、一九七五年、昭和五十年、すなわち作家の死後五年の時間の未来が描かれている。明治以降の近代日本の歴史時間が横軸としてあるが、各巻の主人公はそれぞれ生まれ変わりという輪廻の時間を形成する。生まれ変わる主人公たちは、ジャンプする時間の中を生きそして二十歳で夭折し、永遠の若さを輝かせ、その証人としての本多繁邦というもう一人の主人公は、近代の直線的な時間を生き、醜く老いていく。そしてさらにもう一人、『春の雪』の主人公の松枝清顕の恋人であった聡子という女性。『天人五衰』のラストシーンは、奈良の寺の夏の日ざかりの庭を前にしての、本多と尼となった聡子との再会の場面となる。

『浜松中納言物語』を典拠として、「夢と転生」という近代文学が扱いにくいテーマをあえて導入し、仏教の唯識論をも作中で言及するこの四部作は、三島の文学的生涯の総決算であった。しかし、ここには「小説」という近代の産物としての言語表現のジャンルそのものへの問い返しがあり、自己批評がある。つまり、死へと向かう作家の行動の時間がこの作品の中には潜んでいる。三島の自決に至る道も、この畢生《ひっせい》の大作との関連を抜きには語りえない。

『日本文学小史』（一九六九〜七〇年）

このような文学史がこれまであっただろうか。雑誌「群像」に昭和四十四年八月から翌年六月まで断続的に連載され、作家の死後（一九七二年）に単行本として刊行された『日本文学小史』は未完に終わったが、実に魅力的な独自の古典文学史である。

「古事記」「万葉集」「懐風藻」「古今和歌集」そして、「源氏物語」（その一部）までの各章が遺された。構想によればさらに、「新古今和歌集」「神皇正統記」から「近松・西鶴・芭蕉」「葉隠」「馬琴」に至るまでの作品が対象となるはずであった。しかし、未完ではあるがこの評論には、三島の日本文化に対する視点が極めて明確に打ち出され、巻頭の「方法論」では、日本文化と日本語へのこの作家の姿勢が明確に描き出されていて興味深い。

三島が試みたのは、一つの文化共同体の、創造的な「文化意志」である。そこに日本人の民族の核心を見ようとする。戦後の日本人は、この核となる民族のパーソナリティを喪ってきた。これは「文化概念としての天皇」という主張を語った評論『文化防衛論』に通じ、『豊饒の海』を考えるうえでも大事な評論である。日本の文学史は、「古今和歌集」にいたって「日本語というものの完熟を成就した」とする三島の視点は、明治以降の近代文学への強烈なアンチテーゼであろう。新潮文庫『小説家の休暇』に所収されている。同書の田中美代子氏の解説も必読である。

略年譜

大正14（1925）年　0歳
1月14日◎東京市四谷区（現・東京都新宿区）に、元農林省水産局長の父・平岡梓と母・倭文重の長男として誕生。本名・公威（きみたけ）。幼時は祖母・夏子の溺愛を受けて育ち病弱だった。

昭和6（1931）年　6歳
4月◎学習院初等科入学。詩歌、俳句に興味を持ち始める。

昭和12（1937）年　12歳
4月◎学習院中等科進学。文芸部所属。

昭和13（1938）年　13歳
3月◎初めての短編「酸模」を校内誌「輔仁会雑誌」に発表。

昭和16（1941）年　16歳
9月◎「花ざかりの森」を同人誌「文芸文化」に連載。清水文雄らによる命名で、このとき初めて「三島由紀夫」というペンネームを使う。

昭和17（1942）年　17歳
4月◎学習院高等科文科乙類（ドイツ語）進学。
7月◎同人誌「赤絵」を創刊し、短篇を発表。

昭和19（1944）年　19歳
5月◎兵庫県で徴兵検査を受け、第二乙種に合格。
9月◎学習院高等科を首席で卒業し、天皇陛下より銀時計を拝受。
10月◎東京帝国大学法学部に推薦入学。処女短篇集『花ざかりの森』を刊行。

昭和20（1945）年　20歳
2月◎入隊検査のさい、軍医の誤診により即日帰郷。

8月15日◎世田谷の親戚の家で終戦を迎える。

昭和21（1946）年　21歳
6月◎川端康成の推薦で「人間」に「煙草」を発表し、本格的に文壇に登場。

昭和22（1947）年　22歳
1月◎太宰治に会う。
11月◎東大法学部卒業。短篇集『岬にての物語』刊。
12月◎高等文官試験に合格。大蔵省銀行局に勤務。

昭和23（1948）年　23歳
9月◎創作に専念するため大蔵省退職。
11月◎『盗賊』刊。

昭和24（1949）年　24歳
7月◎最初の書下ろし長篇『仮面の告白』刊。

昭和25（1950）年　25歳
6月◎『愛の渇き』刊。
7月◎金閣寺放火事件勃発。
12月◎『青の時代』刊。

昭和26（1951）年　26歳
12月◎北・南米、欧州を旅行し、27年5月に帰国。同年10月に寄稿文集『アポロの杯』刊。
11月◎『禁色　第一部』刊。

昭和27（1952）年　27歳
この年の暮、吉田健一、大岡昇平、福田恆存らの「鉢の木会」に参加。
8月◎『禁色』第二部刊。
10月◎「真夏の死」発表。

昭和28（1953）年　28歳

7月◎『三島由紀夫作品集』（全六巻）の刊行が始まる。

昭和29（1954）年　29歳

6月◎『潮騒』刊。

12月◎『潮騒』で新潮社文学賞受賞。

昭和30（1955）年　30歳

9月◎ボディビルを始める。

昭和31（1956）年　31歳

8月◎英訳『潮騒』ニューヨーク、クノップ社より刊行される。初の海外出版。

10月◎『金閣寺』刊。

11月「中央公論」の新人賞選考委員になる。

12月◎『永すぎた春』刊。

昭和32（1957）年　32歳

1月◎『金閣寺』で読売文学賞受賞。

3月◎戯曲『鹿鳴館』刊。

6月◎『美徳のよろめき』刊。

11月◎『三島由紀夫選集』（全十九巻）の刊行が始まる。

昭和33（1958）年　33歳

3月◎10月ごろまで、ボクシングの練習をする。

6月◎川端康成の媒酌で画家杉山寧の長女・瑤子と結婚。

10月◎大岡昇平、中村光夫、福田恆存らと「聲」を創刊し、「鏡子の家」第一章・第二章を発表。

昭和34（1959）年　34歳

1月◎剣道の練習を始める。
5月◎大田区馬込の新居に転居。
6月◎長女紀子誕生。
9月◎『鏡子の家』第一部・第二部刊。

昭和35（1960）年　35歳

3月◎映画「からっ風野郎」で主役を演じ、自ら詩作した主題歌を歌う。
11月◎『宴のあと』刊。

昭和36（1961）年　36歳

1月◎「憂国」発表。
3月◎『宴のあと』が元外相有田八郎よりプライバシー侵害のかどで起訴される。昭和39年9月、東京地裁は原告の訴えを認め、著者と新潮社に慰謝料支払いの判決を下す。被告は東京高裁に控訴（原告の死後、和解が成立）。
4月◎剣道初段となる。
12月◎戯曲「十日の菊」発表。

昭和37（1962）年　37歳

2月◎「十日の菊」で第十三回読売文学賞受賞。
5月◎長男威一郎誕生。
10月◎『美しい星』刊。

昭和38（1963）年　38歳

3月◎自らモデルとなった、細江英公写真集『薔薇刑』を刊行。
8月◎『林房雄論』刊。
9月◎『午後の曳航』刊。
11月◎文学座のための戯曲「喜びの琴」が上演中止となり、「朝日新聞」に「文学座諸君への公開上」を発表し、文学座を脱退。

昭和39（1964）年　39歳

4月◎『私の遍歴時代』刊。

10月◎『絹と明察』刊。

昭和40（1965）年　40歳

2月◎『音楽』刊。
4月◎「憂国」を自らの監督・主演で映画化。
9月◎「春の雪」の連載開始（42年1月完結）
10月◎ノーベル賞候補。
11月◎「太陽と鉄」の連載開始（43年6月完結）。戯曲『サド侯爵夫人』刊。

昭和41（1966）年　41歳

1月◎『サド侯爵夫人』で文部省芸術祭賞受賞。

4月◎映画版『憂国』刊。

6月◎作品集『英霊の聲』刊。芥川賞選考委員就任。

10月◎林房雄との対談『対話・日本人論』刊。

昭和42（1967）年　42歳

2月◎「奔馬」連載開始（43年8月完結）。川端康成、石川淳、安部公房とともに、中国文化大革命についてのアピールを発表。

4月◎陸上自衛隊に体験入隊。

7月◎空手を始める。

9月◎『葉隠入門』刊。

12月◎航空自衛隊のF104戦闘機にて超音速飛行を体験。

昭和43（1968）年　43歳

7月◎のちの「楯の会」学生19名と社会人1名と陸上自衛隊に体験入隊。以後、例年、

3月と8月に会員を率いて自衛隊に体験入隊。
7月◎「文化防衛論」発表。
8月◎剣道五段に昇進。
9月◎「楯の会」結成。「暁の寺」発表開始（45年4月完結）。
10月◎『太陽と鉄』刊。
12月◎戯曲『わが友ヒットラー』刊。

昭和44（1969）年　44歳

1月◎『春の雪』刊。
2月◎『奔馬』刊。
5月◎東京大学全学共闘会議の学生と討論。
6月◎映画「人斬り」に出演し、切腹を演じる。
11月◎国立劇場の屋上で「楯の会」結成1周年パレードを行う。戯曲『椿説弓張月』刊。

昭和45（1970）年　45歳

3月◎アメリカの「エスクァイア」誌の企画「世界の100人」に芸術家として日本よりただ一人選ばれる。
7月◎「天人五衰」の連載開始（46年1月完結。同年2月単行本刊行）。『暁の寺』刊。
9月◎「革命哲学としての陽明学」発表。
10月◎『行動学入門』刊。
11月25日◎「豊饒の海」最終巻「天人五衰」の最終回原稿を編集者に残し、4人の「楯の会」隊員と自衛隊市ヶ谷駐屯地で蹶起、午後0時15分、東部方面総監室にて森田必勝の介錯で自決。

◉著者プロフィール
富岡幸一郎（とみおか・こういちろう）
1957年東京生まれ。文芸評論家。関東学院大学国際文化学部比較文化学科教授、鎌倉文学館館長。中央大学文学部仏文科卒業。第22回群像新人文学賞評論部門優秀作受賞。西部邁の個人誌『発言者』(1994～2005)、後継誌『表現者』(2005～2018)に参加、『表現者』では編集長を務める。著書に『古井由吉論：文学の衝撃力』『文芸評論集』『最後の思想 三島由紀夫と吉本隆明』(いずれもアーツアンドクラフツ)、『使徒的人間――カール・バルト』(講談社文芸文庫)、『千年残る日本語へ』(NTT出版)、『北の思想 一神教と日本人』(書籍工房早山)、『川端康成 魔界の文学』(岩波現代全書)、『虚妄の「戦後」』(論創社)、『天皇論 江藤淳と三島由紀夫』(文藝春秋)他。共編著・監修多数。

入門 三島由紀夫 「文武両道」の哲学

2020年12月1日　第1刷発行

著　者　富岡幸一郎
発行者　唐津　隆
発行所　株式会社ビジネス社
〒162-0805 東京都新宿区矢来町114番地
神楽坂高橋ビル5階
電話 03(5227)1602　FAX 03(5227)1603
http://www.business-sha.co.jp

カバー印刷・本文印刷・製本：半七写真印刷工業株式会社
カバーデザイン：常松靖史［TUNE］
本文DTP：茂呂田剛（エム アンド ケイ）
編集担当：佐藤春生　営業担当：山口健志

©Koichiro Tomioka 2020 Printed in Japan
乱丁・落丁本はお取りかえいたします。
ISBN978-4-8284-2233-6